MAIN

Prins

Prins

CÉSAR AIRA

LITERATURA RANDOM HOUSE

Papel certificado por el Forest Stewardship Council®

Primera edición: abril de 2018

© 2018, César Aira
© 2018, Penguin Random House Grupo Editorial, S. A. U.
Travessera de Gràcia, 47-49. 08021 Barcelona

Printed in Spain – Impreso en España

ISBN: 978-84-397-3435-2
Depósito legal: B-3.044-2018

Compuesto en La Nueva Edimac, S. L.
Impreso en Cayfosa (Barcelona)

R H 3 4 3 5 2

Penguin
Random House
Grupo Editorial

Condenado de toda la vida a la laboriosa redacción de novelas góticas, encadenado al gusto decadente de un público inculto... La fatiga se apoderaba de mí. No podía ni siquiera terminar una oración. Quiero decir... Una sintaxis decente... No es que no pudiera escribir, siempre podría, era parte de los automatismos adquiridos por mi sistema nervioso, pero hubo un momento en que las sombras se espesaron sobre mí... Los gustos refinados de mi juventud letrada quedaron sepultados bajo los imperativos de las apolilladas convenciones de la novela gótica. Y además sufrieron la devaluación de la cantidad. Ya había perdido la cuenta de mi producción, esa parva inicua. La literatura de género promueve, y hasta obliga a la cantidad. Para empezar, se le exige poca calidad, porque la densidad de la calidad literaria dificulta la lectura, y en los géneros la idea es que se lea sin esfuerzo, con placer (dentro de todo, el razonamiento tiene algo de atendible). Siendo así, se puede escribir rápido. Y los lectores consiguientemente leen rápido, terminan pronto el libro y quieren otro. Se establece un círculo, no sé si vicioso o virtuoso, la demanda se satisface, el negocio prospera, y el autor queda preso en la máquina infernal.

Cuando se dignaban ocuparse de mí, los críticos no tenían más que palabras desdeñosas. No los culpaba. La novela gótica que yo practicaba era una gastada combinatoria de elementos siempre los mismos. Ya me los sabía de memoria: el manuscrito medieval encontrado en un baúl en el desván de un convento, escrito en griego o arameo y traducido por un providencial monje errante; el castillo en lo alto del monte, rodeado de un profundo foso, con el puente levadizo, las salas ruinosas, los arcos en los que se perdían los murciélagos; el malvado conde dueño y señor del castillo, en lo posible usurpador del dominio; la hermosa doncella huérfana secuestrada en las mazmorras hasta que cediera a los requerimientos lascivos del señor feudal; el joven criado por campesinos que lo encontraron abandonado en el bosque junto con un anillo con un sello de extraño dibujo, y en lo posible una marca de nacimiento en el hombro, en forma de flecha o cruz o estrella; el viejo sacerdote que ha guardado durante cuarenta años el secreto que le confió en su lecho de muerte la reina o duquesa; el espectro que no dejará de rondar las almenas hasta que se vierta la sangre del último descendiente de los usurpadores; la estatua que cobra vida, la rosa que sangra, las prolongadas catalepsias, los ruidos inexplicables; y como vía de circulación entre todas esas zarandajas, las puertas secretas, los pasadizos subterráneos, los túneles, los largos corredores a la medianoche en los que una súbita corriente de aire apaga la única vela…

Todo era pasto seco para las llamas del escarnio que se abatía sobre mí: lo chabacano y adocenado del raquítico producto de mi imaginación, de la que además se dudaba, por la perenne sospecha del plagio; el daño que le hacía a la promoción de la lectura en la que se empeñaba el gobierno para elevar el nivel cultural, pues al promover la lectura me estaban promoviendo también a mí, lo que les parecía tan criminal que teñía de desaliento sus campañas; y muy especialmente el número de libros con mi nombre en la tapa, que era algo así como la multiplicación del horror. Yo no sólo le hacía mal a mis contemporáneos, sino que se lo hacía en gran cantidad. En fin, había motivos de todo género para deplorarme. No debería haberme importado. El artista, lo mismo que el demonio, se satisface solo, cierra la curva del apetito sobre sí mismo, y tal era mi caso; pero aun así algo de la opinión ajena me penetraba, y se sumaba al inmenso cansancio que me propinaban la edad, mi pasado y el agobio de la obra deleznable en forma de monte de libros. Como la cuestión de la calidad no podía remediarla, pensé que podía remediar la de la cantidad, no escribiendo más. Dejar de escribir. Me di cuenta, a posteriori, que de ese modo remediaba también lo cualitativo: en efecto, si no había nada, no se lo podía calificar ni de bueno ni de malo, la nada es inerte en ese sentido.

Puede parecer una decisión extrema, pero debo hacer notar que mi estado de ánimo era extremo; me había hundido en la amargura y en la anomia. De modo que no escribir más era lo menos que podía hacer. Hice como el miembro de la familia que en el extremo del hartazgo ante la animadversión de sus parientes les dice que si tanto les molesta va a librarlos de su presencia, y se pega un tiro delante de ellos, sin importarle la presencia de los niños, a los que salpica con la sangre. No es un símil tan exagerado, porque para mí escribir era vivir. Claro que en el caso del suicida el efecto sería más fuerte, produciría un sentimiento de culpa sin precedentes en la familia, les amargaría la vida al menos por un buen tiempo. Mi renuncia, en cambio, por más que fuera a su modo una renuncia a la vida, o a lo más valioso de mi vida, pasaría inadvertida. El único amargado sería yo, que ya estaba amargado.

Pero ¿era realmente «lo más valioso de mi vida»? ¿Escribir esa basura? Estoy dramatizando. Aunque tengo motivos para el drama. Escribir no era sólo mi modo de ganarme la vida sino el trabajo que me mantenía ocupado y mantenía a raya al tiempo, que siempre ha sido mi gran enemigo. Si dejaba de escribir se abría un vacío… Aunque el vacío ya estaba ahí, en las interminables jornadas de tedio gótico, cuando contaminado por la temática que invadía mi cerebro como una melaza espesa me paseaba, con una impaciencia no justificada por nada, por los salones oscuros de la casa. Retratos ceñudos de antepasados dudosos me contemplaban desde los paños de roble. Escudos de armas, herrumbradas armaduras con la visera baja, enormes espadas cruzadas en la pared, tan grandes que era difícil imaginar la contextura inhumana de quien hubiera podido blandirlas en un pasado de leyenda. Y en los espejos mi figura envuelta en la luz crepuscular de las vidrieras historiadas con hechos sangrientos. Un vitral sobre todo me atraía, mis pasos me llevaban a él sin auxilio de la voluntad y podía quedarme horas (en realidad perdía la noción del tiempo; podían ser segundos) absorto en su contemplación. Representaba la partida de un guerrero a las Cruzadas, la esposa se aferraba a él queriendo retenerlo y vertía lágrimas que en el vitral eran gotitas de epoxy con un cristalito adentro, pero del ruedo de su falda asomaba la cabeza de un zorro, inexplicable y tanto más fascinante por ello. La luz roja del poniente al pasar por las manos unidas de los cónyuges las proyectaba sobre mi rostro, como una bofetada de amor perdido.

Más que una casa era una escenografía, un teatro. Ni siquiera respondía a mi gusto. Me avine a vivir ahí por recomendación de los editores: ayudaría a las ventas, recibir en ese marco a los periodistas que me entrevistaban, vestido con mi traje de terciopelo y la capa con forro de seda roja. Al principio lo encontraba divertido, pensando que era una forma de tomarle el pelo al público ignorante que consumía ese material seudoliterario. Después me di cuenta de mi error. Mi genuflexión ante las exigencias del mercado, que yo creía irónica, era todo lo genuina y humillante que podía ser. Se necesita mucha ingenuidad para creer que puede haber ironía cuando hay plata de por medio.

Como no tenía intenciones de amargarme demasiado, porque justamente dejaba de escribir para ahorrarme la amargura de ser el payaso de la literatura, me di a pensar con qué otra actividad podía remplazar a la que hasta entonces había ocupado mis días. La práctica de la novela gótica, con su costado anacrónico y surrealista, por su natural caos temático, me había puesto en contacto con todos los planos del hacer humano, desde la ciencia hasta el crimen, así que no tenía más que revolver mi archivo mental para encontrar algún pasatiempo fácil y entretenido, aunque no demasiado fácil para que no resultara mecánico y aburrido, ni demasiado entretenido para que no desembocara en la obsesión. Aun con estas restricciones había mucho donde elegir. Pasé unos días barajando posibilidades, en la cuerda del sueño diurno (¿quién no se ha distraído alguna vez pensando cómo sería hacerse ermitaño, o tomar un curso de paracaidismo?), hasta darme cuenta de que si seguía así la actividad a la que dedicaría el resto de mi vida sería imaginar y evaluar las distintas actividades a las que podría dedicar el resto de mi vida. Lo que no tenía nada de malo en sí, pero se quedaba en vapores sin efecto y en la melancólica esterilidad de los círculos.

Debía ceñirme a mis posibilidades reales, y poner en práctica una u otra, a manera de prueba. Para hacer más ordenada la selección, tomé notas en una libreta, hice listas, de modo de ir descartando, porque también había mucho que descartar: la cerámica, que me producía horror, un instrumento musical (la música es lo que más me aburre), la filatelia, que no es realmente una ocupación salvo que se la ejercite de forma profesional, lo que no era mi intención. Ya estas vanas astillas del árbol del pensamiento permiten vislumbrar el placer infantil que podía proporcionar la elección. Debo decir que podía permitírmelo porque la venta de mis libros me liberaba de toda preocupación material; mi busca de una ocupación no estaba limitada por consideraciones venales sino por el hedonismo puro y duro.

Podía ser cualquier cosa (eso ya lo dije), y además podía ser cualquier cosa insignificante. Bastaba con que le diera un ancla al tiempo y el pensamiento, como para que no se me disolvieran del todo. Cualquier cosa, casi nada, o media nada, si lo que quería era un remplazo de mi abandonada profesión de escritor. Porque cuando la ejercía no me llevaba más que unos minutos por día, media hora como máximo, y el resto estaba ocupado por el ocio, que no necesitaba remplazo alguno ya que sería el mismo. Dicho así puede engañar, ya que si bien la escritura me llevaba apenas un átomo del universo de la jornada, era su centro y razón de ser: no cualquier átomo podía suplirla. ¿O sí podía? Nadie nace predestinado a escribir novelas góticas, yo menos que nadie. Pero un largo hábito deja marcas, y las mías eran profundas. Aunque no podía tomarme en serio esos libros miserables que salían con mi firma, yo era su responsable, y la historia pesaba. No sólo mi historia personal. Las novelas góticas no siempre habían estado en el rubro de la literatura de género. La primera que escribí era literatura propiamente dicha, integraba por derecho propio la Historia de la Literatura, al ser un producto inevitable de su época; llenaba las condiciones de alegoría que correspondían a la Argentina, y a la producción discursiva latinoamericana en general. Los castillos fortificados con su profundo foso representaban a las oligarquías explotadoras aliadas al capitalismo colonialista, el cruel señor feudal al dictador de turno, el espectro en el torreón al mártir obrero, y así todo lo demás. La repetición lo degradó: la alegoría se puede usar una sola vez. Yo escribí una segunda novela, una tercera... De la alegoría sólo quedaba la cáscara, que tomaba vida propia. Al joven idealista que yo era entonces le parecía imposible que los lectores fueran tan ingenuos como para tomar en sentido literal esos maniquíes, que sufrían de un acelerado proceso de fosilización. Intenté detenerme. No pude. Necesitaba la plata. Antes de que me diera cuenta ya estaba manipulando episodios y personajes como fichas de dominó: cambiaba la disposición y el viejo argumento parecía nuevo. Al principio confiaba en que al ser necesariamente finito el número de combinaciones, llegaría a la última y no habría más, y podría escribir algo más digno. Vana ilusión. Todos los escritores quieren terminar de escribir lo que escriben, para quedar libres y empezar a escribir bien. Todos se engañan, y yo también. Quedé preso en ese mezquino infinito.

La decisión irrevocable de dejar de escribir cortaba el nudo de un tajo. Podía matar dos pájaros de un tiro: por un lado, acallar el reproche externo e interno por escribir tanta basura, no escribiendo nada; por otro lado, ser feliz. Porque la práctica de la literatura nunca me había dado una verdadera felicidad, al menos como yo entiendo ese estado al que todos aspiramos. Estuvo siempre contaminada de dudas, inquietudes, desalientos, y una tensión incesante. La idea que me hago de la felicidad tiene que ver con la calma, con la ausencia de preocupaciones y tareas pendientes. ¿Puede haber algo más contrario a eso que dedicarse a escribir? Escribir es una tarea siempre pendiente, porque hay que seguir escribiendo, se escribe para seguir escribiendo. A una palabra le están esperando otras en una oración; a una oración la esperan otras oraciones en el párrafo... El presente deliciosamente flotante entre sus pasados y sus futuros con el que yo identifico a la felicidad se le escapa siempre al escritor, y a mí se me escapaba en mayor medida por mis escrúpulos sintácticos, mis transiciones suaves y las bellas asimetrías en las que sustentaba mis pretensiones de estilo. Todo lo cual se veía agravado por la tensión de hacerlo en secreto y disimuladamente, ya que si los lectores percibían el menor aroma a literatura salían corriendo.

Dejar de escribir, para siempre, saldar la deuda perenne de la escritura, me dejaba en libertad para organizarme con el objetivo de estar bien. Sólo había que encontrar la ocupación de remplazo adecuada; seguramente la tenía al alcance de la mano, escondida en la gran enciclopedia del mundo; no tenía más que pasar sus páginas una por una, recreándome en el proceso con las ilustraciones.

Tras una sobria y concienzuda consideración me decidí por el opio. Llenaba todos los requisitos que me había impuesto. Para llegar a él había descartado una innumerable cantidad de ocupaciones, tantas como cosas contiene el mundo, o como palabras contiene el diccionario. Ni yo mismo podía creer que hubiera pasado revista a semejante catálogo. ¿De dónde saqué la energía y la resistencia, yo que creía que las había perdido en el camino? Supongo que lo hice en los términos del esfuerzo final y supremo, sabiendo de antemano que no haría otro en el futuro. Mi inconsciente debió de mandar la orden de anular el miedo a quedar exhausto, tanto como la necesidad de ahorrar fuerzas para un trabajo ulterior.

Esa larga excursión por el mundo de la diversidad me hizo ver qué intercambiable es todo, cómo los seres, hasta los que más se aferran a su ser propio, son potencialmente otros. Yo lo veía con mi sonrisa de hombre altamente civilizado, con la curiosidad del científico aficionado o el filósofo dominical; pero me pregunté qué efecto le habría causado al hombre primitivo.

Con esa pregunta inicié el camino que me llevó al hallazgo. Porque recordé la leyenda del Rey del Opio, que ponía en escena estos pensamientos revistiéndolos de los colores de la fábula y la fantasía. El Rey del Opio no fue ningún rey, sino un acontecimiento, que puso fin a las eras vetustas. Los hombres antiguos se habían desalentado al ver que lo que estaban haciendo, o viendo, o sintiendo, podía ser otra cosa. Es bastante obvio, pero a sus mentes primarias les caía como un mazazo. ¡Por supuesto que todo podía ser otra cosa! No se necesitaba la maduración de los estadios ulteriores para darse cuenta de un hecho tan palmario. Si estaban pintando un bisonte en la pared de la caverna, los asaltaba la intuición fulminante de que podían haber estado pintando un caballo. Si estaba lloviendo, también podría haber estado brillando el sol y el cielo azul. Y así todo. ¿Entonces el mundo y la vida eran una alternativa entre otras, un frívolo juego de permutaciones en el que nada valía más que su acontecer casual? Era como para perder interés. En el abatimiento consiguiente, la humanidad, entonces en su infancia, empezó a envejecer aceleradamente. El nihilismo hizo presa del pitecántropo. Ni siquiera el nacimiento de la arquitectura los animó. La especie iba camino a una extinción prematura, cuando, un minuto antes de su medianoche, descubrieron el opio, lo único sin equivalentes ni remplazos.

Ése fue el Rey del Opio. En términos concretos, el Rey del Opio fue el título de una colección de libritos, todos los cuales contaban la misma fábula con las variaciones a las que se prestaba por su temática, como se prestaba asimismo a las imágenes con las que la ilustraban los artistas. Algunos eran de esos libros con tiras que extendiéndolas hacen cambiar las figuras, otros estaban impresos en papeles con transparencias hábilmente colocadas de modo de revelar lo contrario de lo que mostraban. Hubo muchas variantes ingeniosas, por ejemplo una del conocido método del dibujo por números: puntos numerados en la página en blanco, pero con la originalidad de que uniendo los puntos en la serie ascendente se formaba una figura, y después, volviendo a unirlos pero en la escala descendente se formaba sobre la primera otra figura por completo diferente. En la última página de esos libritos cuadrados de tapa dura aparecía invariablemente el Rey del Opio, triunfante en su trono.

Puedo hacer esta descripción sin más que cerrar los ojos y recordar mi infancia, si no toda ella el pasaje en el que coleccionaba los libritos del Rey del Opio y los guardaba celosamente en una caja de zapatos. Aunque todavía no había aprendido a leer, el placer que me producían era incomparable, cuando los sacaba de la caja y hacía filas o dameros con ellos en el piso. No considero improbable que mi inclinación por los libros haya nacido entonces. Si fue así, mi decisión viene a coronar mi carrera con una de esas bellas simetrías asimétricas que tanto busqué en mi obra: lo que empezó con el opio, termina con el opio. A esta coincidencia se le sobreimpone la mayor de las no-coincidencias: el primer opio era una metáfora didáctica para niños, el último es el objeto material, como si se necesitara toda la vida para que una palabra llegue a ser la cosa que representa.

Pasé sin más al aspecto práctico de la cuestión. ¿Dónde procurarme el opio? Tenía sobrados motivos para creer que no lo vendían en los kioscos. Las autoridades llevaban adelante enérgicas campañas contra la comercialización de las sustancias que ellos mismos habían puesto fuera de la ley. Se había entablado una feroz competencia en la materia, seguramente por motivos electorales, presupuestarios, de prestigio, y en general demagógicos. Todos querían ser los más implacables y lucirse ante una opinión pública a la que no dejaban de azuzar con el temor a los estados alterados de la conciencia. Participaban en esta carrera las agencias internacionales, las nacionales, provinciales, municipales, concejos comunales, comisiones vecinales, y así siguiendo hasta casi llegar al individuo. Las agencias mayores decían disponer de más recursos, más alcance territorial, más personal; las menores afirmaban que trabajando sobre poblaciones reducidas las podían vigilar más de cerca. Puesta en los términos más simples, la alternativa puede plantease así: ¿quién ejerce con más eficacia el poder, el que lo hace sobre muchos o el que lo hace sobre pocos? Es indudable que quien preside la vida de un millón de hombres no podrá evitar las fugas, las rebeldías secretas ocultas en la gran cantidad. Mientras que el que tiene a un solo hombre bajo su férula podrá mantener sobre él la vigilancia más estricta.

Yo me mantenía por completo ajeno a estas escalas de represión, las veía desde lo alto de mi torre de marfil.

Pero no se me ocultaba que si quería poner en práctica mi plan tendría que enfrentarme a ciertas dificultades. Me desalentaba la perspectiva de tener que recurrir a las redes clandestinas donde se conseguían esos productos. No sólo por la previsible catadura de malhechores de los proveedores, ni por miedo a la policía, sino por las reglas de comunicación que tendría que aprender, las contraseñas, los nombres. Como ya dije, mi antigua profesión de escritor había dejado rastros en mí. Uno de ellos era la invencible aversión a los lenguajes cifrados. Tenían algo de tabú para mí, un tabú que empezó siendo estético: me habría disgustado que me confundieran con los que usaban en sus escritos algo parecido a los lenguajes cifrados con pretensiones de originalidad, pretensión ruidosa y vana que orillaba lo vulgar. Con el tiempo se volvió carne en mí. Llegué a supeditar mi supervivencia en el mercado editorial al uso de las palabras en su acepción más corriente y llana, y si debía optar entre dos palabras me quedaba con la que tuviera una única acepción. La mera idea de que entendieran algo distinto de lo que yo había querido decir me producía escalofríos. Y verme en mi edad madura obligado a aprender esos léxicos torcidos, a decodificar fórmulas de hampones, me hacía vacilar en mi proyecto. No era la primera vez, ni sería la última. Como se verá en esta narración, las vacilaciones abundaron. El camino del opio fue una verdadera prueba de fuego para mi perseverancia. Pero creo haberla superado.

Más allá del pensamiento, en los hechos debía emprender caminos torcidos para llegar a donde estuviera el opio. Una vez allí sí, hacer la transacción a cara de piedra, por señas, y volver a encerrarme en mi código genético lo antes posible. Pero para llegar tendría que seguir rastros, pistas que me susurrarían al oído labios impuros, dar vueltas por los corredores oscuros del submundo.

Podía evitar todo eso. Lo sabía, pero lo tenía en reserva. Podía obtener el dato que me llevara a mi objetivo de un salto, sin tanteos ni averiguaciones ni hacer sociedad inquietante con desconocidos. Pero me resistía a considerarlo. Me resistí hasta que, haciéndome una violencia momentánea, lo enfrenté. Se trataba del Armiño. Si se lo pedía, él me daría la información precisa. Pero vacilaba. Llevaba vacilando toda la vida. Porque al Armiño se lo podía consultar una sola vez, y yo siempre había ahorrado esa única vez para cuando precisara vitalmente un dato, cuestión de vida o muerte. En mi desorientación, en la tremenda falta de conocimientos que me aquejaba, producto de mi vida de soñador impráctico, siempre estaba necesitando un dato, pero me decía que en el futuro iba a necesitar otro con más urgencia, o más difícil de conseguir, o las dos cosas, y me abstenía. Iba por el camino difícil, preguntándole a los que no sabían, siguiendo el método de prueba-y-error, que por tratarse de mí solía ser de puro error. La misma prudencia mal entendida me aquejaba en este caso, pero la sensación de final que se había apoderado de mí desde que dejé de escribir hizo inclinar el platillo.

¿Acaso tenía algo que ahorrar para el futuro? ¿Qué futuro? Si mi plan salía bien yo podría pronunciar en serio la declaración que había impreso en uno de mis libros por pura jactancia de originalidad: «Yo no olvido nada del pasado, pero lo he olvidado todo del presente». Es curioso cómo las frases que uno dice sólo por lo bien que suenan terminan significando algo. Si esa flotación era mi destino, no necesitaría más información. También, aunque suene paradójico, me sacaría una preocupación de encima. Una vez agotada mi capacidad de preguntar, un mecanismo de compensación natural haría que no aparecieran en mi vida más hechos que exigieran información previa, serían ese presente sin pensamiento con el que yo tanto había especulado en términos de ficción.

Tomada la decisión (era la segunda que tomaba en el día, lo que no podía ser más ajeno a mis hábitos de indeciso crónico) entré en acción. Ya el día había transcurrido, y estábamos en el filo del siguiente: era la medianoche. Me convenía, porque el Armiño era nocturno. Creía saber dónde encontrarlo. Sólo se sentía a gusto en medio de la Naturaleza, pero estaba condenado a vivir en la ciudad. De ahí su preferencia por los parques. Habitaba uno u otro de los extensos parques intercalados, y relativamente ocultos, en el denso tejido urbano. Yo tenía el presentimiento de que esta noche se encontraba en el más próximo a mi casa. Había estado en él una larga temporada. Si seguía ahí, no tenía que caminar nada. Se trataba de un espacio verde arbolado, con largas avenidas de paraísos y casuarinas, estatuas, bancos de hierro y fuentes. En parte por estar tan cerca, en parte porque siempre estaba desierto, yo lo sentía de mi propiedad, una parte de la casa. A veces sentía que estaba adentro de la casa, como un plano mental. A ese sentimiento contribuía el curioso hecho de que por causa de su trazo locamente irregular, excepcional en el estricto damero que es Buenos Aires, todos sus lados daban a la misma calle, que no era otra que la calle de mi domicilio.

Ni la hora ni las rejas constituían un obstáculo para mí. Tampoco la precisa ubicación del Armiño en el parque, porque la conocía: el centro. Era fácil entender por qué se instalaba ahí para dormir: el centro era el lugar más apartado de los bordes, la geometría más elemental lo decía, y al ser los bordes la calle donde bullía la moderna civilización del auto y el teléfono, el que necesitaba la Naturaleza como sus pulmones necesitaban el oxígeno buscaba el sitio más lejano del borde. Lo que podía extrañar era que en la oscuridad, en una somnolencia invencible que le cerraba los ojos y hacía tambaleante el paso, un ser como el Armiño encontrara infaliblemente el preciso centro de una superficie irregular como la del parque. Un instinto superior lo guiaba. Me consta que no usaba mapa ni diagrama.

Por eso estaba seguro de poder encontrarlo. Pero no estaba igualmente seguro de saber por qué estaba tan seguro. Yo no contaba con ese instinto, soy demasiado civilizado para eso. Pero encontraría el centro sin buscarlo, iría directo a él, y al sueño del Armiño. No quiero ponerme a hacer teorías de las que afeaban mis libros interrumpiendo a cada página la continuidad narrativa, así que lo diré brevemente, sin desarrollar: creo que me había hecho la idea de que toda la aventura era mental (contaminado por anticipado por la idea del opio, cuya acción no se ejerce sobre la realidad sino sobre las ideaciones cerebrales), y en lo mental todo es centro, de modo que sería muy difícil no acertarle.

Me encaminé por los senderos oscuros, dejándome llevar por una gravedad inexorable. Los faros de los autos que pasaban por la calle hacían correr franjas de luz amarilla por el follaje. A medida que me internaba las luces y los ruidos se alejaban. Nacían a mi alrededor los susurros del agua y las hojas, como si yo los despertara. Cuando pasaba frente a un árbol sentía la necesidad de tocar el tronco, para poner un ancla sensible en la realidad. La luna, pequeña como una gota de plata, seguía alejándose, amenazaba con desaparecer, como una moneda ente los dedos de un cielo prestidigitador. El agua de las fuentes se movía inquieta. El musgo me hablaba con su vocecita confidencial. Me prevenía contra el Armiño y contra lo que yo me proponía hacer con mi vida. Hay quienes creen que los musgos no pueden comunicarse con nosotros. Grave error: no hacen otra cosa. Está muy difundida la superstición de que cuando habla alguno de los seres de la Naturaleza, por ejemplo un pájaro, una flor, un ratón, lo que dice es cierto. Esta creencia se apoya en el hecho de que es muy raro y casi sobrenatural que un animal o una planta hable, pero eso no significa que acierten siempre en lo que dicen; es como postular un milagro dentro de otro milagro. Con las criptógamas es distinto. Aun así no me lo tomé en serio. Me limité a apreciarlo en su faz estética: esa pequeña voz que ondulaba en las sombras, aterciopelada, con puras sílabas átonas. De ese modo, oyéndolo como si fuera música de un Debussy del humus, evitaba irritarme por la intromisión no solicitada y preservaba la ecuanimidad y paz mental que necesitaba para la entrevista inminente. Las estatuas, cargadas de oscuridad blanca, me acompañaban sin moverse. Tantas veces había estado ahí que las sabía a todas de memoria. Estatuas sin nombre y sin historia, resistentes a las transformaciones de las que eran la prueba tangible. En ellas concluían las preocupaciones: eran las únicas en haber solucionado de una vez para siempre el eterno problema de la ocupación del tiempo, gracias a ocupar tan perfectamente y sin resquicios su espacio propio. Siempre admiré esa doble eficacia, sobre todo por ser doble, porque una eficacia simple no sirve para nada.

Mi relato se extravía en divagaciones, pero mi paso en la materia del relato me llevaba en línea recta al centro, donde estaba el Armiño. Estaba tirado debajo de un banco. Poco más y lo hubiera confundido con cualquier otra cosa. Su somnolencia de viejas hibernaciones imponía una barrera entre nosotros, pero una barrera baja, fácil de sortear. Me aclaré la garganta antes de hablar. Él ya me había visto (no se le escapaba nada). Sus hábitos de linyera eran apenas un mimetismo. Dormía en el suelo a pesar de tener todas las camas del mundo. Él decía que era por la conductividad de los cristales, que hacía que sus vigilias se comunicaran. Absorbía información, y se ocultaba. Secretaba una lentitud en la que se estiraban como bandas húmedas las largas instrucciones para actuar o dejar de actuar.

—¿Opio? —dijo simulando una extrañeza que no sentía. Me limité a asentir, con un solo movimiento descendente de la cabeza. Fue un mínimo gestual, casi un conato destinado más a la adivinación que a la interpretación, porque no consideraba que fuera necesario más. A pesar de lo cual creí que se me caería la cabeza al suelo y saldría rodando, tal era la hiperestesia en que se planteaba el diálogo—. ¿Para qué lo querés? —Ahora fingía un interés que tampoco sentía.

Hubo un barrunto de irritación de mi parte.

—¿No es obvio? ¿Para qué sirve el opio? ¿Para qué lo quieren todos los que lo quieren? Para olvidarse de sus preocupaciones, para soñar en paz con la felicidad imposible. ¿No es obvio?

En realidad no lo era, pero preferí no confesar que yo lo quería para ocupar el tiempo de modo no provechoso y evitar las críticas a mi productividad excesiva. No porque me avergonzara o quisiera ocultárselo, sino porque sería largo de explicar, y evitarme esas explicaciones era mi objetivo principal. Pero él lo tomó por otro lado: por la palabra «obvio» que yo había repetido.

—No es la primera vez que oigo pronunciar esa palabra con desdén. Lo obvio tiene mala prensa, lo que me parece una tremenda injusticia y una gran ingratitud. Las primeras y las últimas verdades, las que nos sirven para movernos en la vida, son todas obviedades, y deberíamos venerarlas, no despreciarlas como la chatarra del pensamiento. Por escapar de lo obvio la humanidad se extravió en esa insensata acumulación de sofismas que es la civilización. Si se hubieran dado por satisfechos con las simples verdades que les salían al paso sin tener que ir a buscarlas se habría evitado la guerra de los bóers. O las guerras civiles. Yo me pregunto: ¿tan inteligentes se creen ustedes para mirar con socarrona superioridad algo tan simple y contundente como «dos más dos, cuatro». ¿Necesitan ecuaciones de tercer grado para sentirse a gusto? Nosotros los seres humildes de la tierra agradecemos que todavía exista lo obvio a pesar de la desconsideración con que se lo trata.

Yo estaba lejos de creer en esa comedia de la humildad. El Armiño era un acabado producto de la industria del lujo y de la alegoría, y él lo sabía mejor que nadie. Pero sus palabras, en las que latía un sentimiento de genuina indignación, me habían puesto a pensar, y no pude evitar entrar en su juego de debate intelectual teórico a pesar de lo que significaba para la continuidad del relato.

—Estoy de acuerdo —dije—, siempre que hablemos de lo obvio como una verdad simple y evidente: a esas verdades les debemos la vida, qué duda cabe. Pero lo obvio tiene también un aspecto deletéreo que justifica la mala fama de la que goza. Es el discurso inútil, la redundancia, la repetición, el parloteo que nos llena las orejas de ruido y nos llena el corazón con la tristeza infinita de la obviedad de la palabra obvia. Y es invasivo, porque lo más inteligente y novedoso que uno puede decir se vuelve obvio no bien se lo acepta. Es una mancha de aceite que va volviendo transparente la realidad.

Me dio el dato requerido. Lo hizo lentamente, como si le doliera:

—Lo encontrarás en la Antigüedad.

—¿A quién? —pregunté, desconcertado por su cambio de actitud, y aparentemente de tema.

—¿No es obvio?

¿Se estaba burlando de mí? Antes de enojarme y pisotearlo como a una cizaña, traté de aclarar las cosas.

—No sé si te habrá confundido la similitud de las dos palabras, que efectivamente comparten las mismas vocales en el mismo orden, pero lo que yo quiero es el opio, no lo obvio.

—Me refería al opio.

—Ah.

—…

—¿Dónde dijiste que podía conseguirlo?

—En la Antigüedad.

Pensé que un duende perverso me había trasladado a una de las novelas que yo escribía antes, en las que creaba situaciones divertidas (que no hacían reír a nadie) mezclando las coordenadas de tiempo y espacio. Pero el dolor que irradiaba el cuerpo del Armiño me garantizaba de algún modo que estaba diciendo la verdad. Y no era para nada descabellado. El opio era una sustancia lo bastante rara como para estar en un lugar raro. Además, la Antigüedad podía ser tanto una época como el nombre de una tienda que sirviera de fachada a una despensita de drogas.

Cuando regresé de esta breve reflexión, amanecía. En la calle se abrían los conflictos gremiales, como nenúfares viciosos. El cielo se iluminaba, como una alucinación, las cosas empezaban a aparecer. Las dalias que rodeaban el banco se encendían, sangre helada. No era el día de verdad, sino una precipitación de la noche. Era una gran nada, que me decía que debía darme prisa. Obedecí, aun sin saber cuál era el apuro. Le pedí la dirección. Con una mueca de sufrimiento, me la dio: Hong Kong 1. Eso quedaba en los barrios populares del Oeste, a los que yo nunca iba. No era una dirección prometedora. Me retrotraía a mis temores por el contacto con las nuevas clases sociales promovidas por el Segundo Plan Quinquenal, los suburbios tristes, la gente que no se sabía de qué vivía, lo incomprensible en general. La realidad, con la que nunca me llevé bien.

−¿No hay otra sede? Los taxis se niegan a ir a esos sitios donde ponen una silla de ruedas con un paralítico en medio de la calle para obligarlos a frenar, y los asaltan.

−El 126 te deja en la puerta.

−Así es otra cosa.

En efecto, ese colectivo rojo y blanco que yo veía pasar por la esquina de casa me parecía acogedor, o prometedor, no sé, como uno de esos vehículos encantados de los cuentos orientales. Hacía años que quería tomarlo, si no lo hacía era por la simple razón de que los colectiveros le preguntan a uno adónde va, y yo no tenía ningún destino ni sabía los nombres de las calles por las que pasaba. Sabiéndolo, podía darme el gusto. Mataba dos pájaros de un tiro.

Me disponía a agradecérselo, ensayando mentalmente una frase de despedida, «Ahora te dejo descansar en paz», cuando me di cuenta de que esa expresión era la más inadecuada: el Armiño moría. Lo que yo había tomado por dolor de barriga o aburrimiento eran los pródromos de la agonía. Así como él concedía una sola pregunta, a él le había sido concedida una sola respuesta, y después de darla se extinguía. Vi con mis ojos cómo se apagaban los suyos, de su boca salía un susurro. Me incliné y alcancé a oír:

−La Configuración Atómica.

No dijo más. Tardé años en entender el mensaje. En el momento no me preocupó no entender: había tanto que escapaba a mi comprensión. Casi todo.

Lo vi expirar. Con él moría toda una era de mi vida: la de esperar una respuesta.

Qué difícil es librarse de los viejos hábitos. El de la digresión improcedente tiene siete vidas dentro de mí, que tengo una sola vida. En esta ocasión el desvío digresivo se me apareció en forma de poesía: «el vehículo encantado», la alfombra voladora, el coche tirado por los caballos fosforescentes que me llevaba al reino de los enanos pastores de unicornios... Morralla de falsa poesía, doblemente fuera de lugar si la aplicaba a un colectivo que iba a Mataderos, cargado de gente cansada que se mecía sobre empedrados desparejos. Pero todo transporte, aun el más cotidiano y prosaico, era un modo de practicar espejismos. No me hacía ilusiones, pero al menos esperaba conocer esos márgenes de la ciudad, que en realidad eran su corazón. El viaje hasta la calle Hong Kong no duraba mucho, una media hora poco más o menos, según me informó el colectivero. Resultó un lapso interesante porque lo ocupé con la observación y el pensamiento. Me felicitaba de haber sido tan sedentario durante tantos años (a pesar de renegar del motivo, que no era otro que escribir la montaña de libros que había sido mi perdición) porque no había embotado en el acostumbramiento la percepción de la ciudad. Me maravillaba la cantidad de gente que había. La vida retirada me había hecho creer que los seres humanos éramos pocos, tres o cuatro, media docena como máximo. Y resultó que había muchísimos. Empecé a calcular. Las casas se sucedían una al lado de otra, había unas diez por cuadra, cada casa habitada por una familia, grande o chica. Un promedio podía ser de cuatro por casa, entre hombres, mujeres y niños. Pero seguro que me quedaba corto, porque el déficit habitacional, más acentuado en esos barrios económicamente deprimidos, los hacía apiñarse. Además, las fachadas no lo decían todo ni mucho menos; no decían nada. La mala idea original de los urbanistas que planificaron Buenos Aires, al asentarla en un trazado en cuadrícula de cien metros por cien hacía que en el centro de la manzana quedara mucho espacio invisible desde la calle. De modo que una puerta podía estar ocultando un pasillo larguísimo al que se abrían veinte puertas de otras tantas casas. Y estaban los edificios de departamentos, que aunque en esa zona rara vez pasaban los diez pisos, no escaseaban. Yo, al pasar, si el 126 no iba demasiado rápido, contaba los pisos y trataba de evaluar, por el volumen de la construcción, cuántos departamentos contendría por piso. El total sumaba entre treinta y cuarenta departamentos, y tres edificios de ésos en una cuadra, y las casas intercaladas: me daba una cifra enorme, sólo para un lado de la calle, el que miraba desde mi ventanilla. Y las cuadras seguían repitiéndose, ni me molestaba en contarlas. En las esquinas se abrían calles laterales, que parecían extenderse hasta el infinito. Y todo habitado. Un ejército de seres que para mí eran sólo números, ausentes, ganándose la vida en trabajos alienantes, de los que regresarían en este mismo colectivo. Lo que me hacía volver la vista a mis compañeros de viaje, tan pocos en comparación. Alguno se bajaba, y entonces lo contabilizaba en la misma multitud que yo estaba creando, pero que existía de verdad. Creía verla. Se revelaba ante mí todo un plenario humano sufriendo el tedio de la vida. Soportándolo con estoicismo. ¿O no?

Esa pregunta podía llegar a obsesionarme. Yo me había rebelado contra el destino, pero lo había hecho por necesidad, lo que devaluaba un tanto el gesto. Me preguntaba cómo era posible que esa enorme cantidad de gente se las arreglara sin el opio. Eran vidas realistas; iban por los carriles de bronce de la realidad. Yo no era tan distinto, después de todo. Salvo que a diferencia de ellos había pretendido marchar por un camino paralelo al de mi destino, para que nunca me tocara ni se me acercara más de lo que le permitía. El precio que tuve que pagar fue el de darles alojamiento, en mi cuerpo y en mi pensamiento, a los terrores de la imaginación. Aunque quise degradarlos a figuras de cartón piedra escribiendo novelas góticas, siguieron actuando, y multiplicándose. Mis intentos de fuga no hacían más que envalentonarlos. Me la tenían jurada. Sólo momentáneamente salían de mí, cuando yo, siguiendo las instrucciones de los ascetas orientales, producía una sístole que los expulsaba. Pero no renunciaban a mí, yo era su presa escogida. Volvían a metérseme adentro, por cualquier agujero, y yo volvía a sentir cómo reconstruían sus monstruos sobre la musculatura estriada de mis ventrículos. La fuga me llevó tan lejos que creí que no me alcanzarían más: había llegado a mi isla de Santa Helena. Pero ellos llegaron también, y se apoderaron de mí sobre la roca desnuda, sobre la peña maldita.

Afuera del colectivo se jugaba a vivir o morir. Sillas de ruedas plantadas en medio de la calle, cada una con su tullido verdadero o falso, les proponían una disyuntiva fatal a los automovilistas: o atropellaban y hacían volar por el aire al tullido, o se detenían y los mataban a ellos. Yo apostaba conmigo mismo, a veces ganaba, a veces perdía. Me negaba a indignarme. La realidad es cruel, y no tienen derecho a quejarse los que se aferran a ella con tanta pertinacia. Claro que me cuidaba de disimular mi indiferencia ante mis compañeros de viaje, que eran unánimes en la condena. De los delincuentes decían directamente que no eran humanos: eran bestias.

—Sí, son bestias —corregí a la señora sentada a mi lado—, pero bestias humanas.

—Sólo por la forma externa, señor. Por dentro no.

Pensé que por dentro nadie es humano. Lo humano es un formato nada más, el contenido queda librado a la suerte. No se lo dije porque podía tomarlo a mal. Adopté una postura práctica:

—Hay que darles la billetera, y buenas tardes.

Me miró con un asco en cuyo fondo yo sabía que se agazapaba la admiración.

—Usted piensa así porque debe de tener otra billetera en su casa.

—No hay dos billeteras iguales.

—Algunas están llenas, y otras están vacías.

Celebró su propia salida ingeniosa con una risita, de la que me hice eco. Con eso hicimos las paces. Volvió la vista a la calle, donde seguía la función de las sillas de ruedas.

—¿Por qué no interviene la policía? —preguntó.

—La policía organizó esto —le dije—. Es una puesta en escena, lo están filmando para un documental de prevención del delito.

—Ya me parecía que no podía repetirse tan seguido.

—¿Falta mucho para Hong Kong?

Se llamaba Alicia. La relación que entablamos no tenía mañana. Debíamos abalanzarnos sobre el presente como un perro guardián sobre el intruso con malas intenciones. No podía durar. Éramos demasiado distintos, el único contacto posible entre los dos sólo podía sostenerse en la curiosidad o el interés por explorar un mundo ajeno. Y eso de mi parte nada más, porque ella carecía del bagaje intelectual que le hubiera permitido interesarse en mi complejo entramado vital. Además, estaban sus circunstancias. Era casada, tenía hijos, nietos, volvía de comprar en la farmacia social los remedios para el marido. Pero era joven todavía, en su ambiente empezaban a parir temprano, no bien se les presentaba la ocasión. Tenía la edad justa para mostrarse dispuesta a no dejar escapar el presente, en lo que representaba, como en todo lo demás, el realismo intenso en el que se había formado. Me felicité de ello. Estaba un poco excedida de peso, pero no mucho, justo lo que necesitaba para practicar la voluptuosidad sin esfuerzo. No era la belleza romántica que procede de la aventura, sino la mujer del día a día concreto, la que sabía oponerse con una sonrisa sabia al fantaseo; o, mejor aun, la que se quedaba seria, sin entender los chistes. Su mano, robustecida y a la vez embellecida por las tareas hogareñas, hurgaba en las entretelas de mi corazón.

Me había sacado la lotería al encontrarla. No podía pedir nada mejor. Y sin embargo, aun en la plenitud de la suerte, sentía la nostalgia del presente. Debería haberla encontrado antes. Con su voz de seda y su cara de luna llena habría saturado mi capacidad de atención y no me habría quedado resto para los terrores de la imaginación. No habría tenido necesidad de huir, mucho menos de llegar a mi Santa Elena personal, donde los terrores me alcanzaron, cerraron sobre mí los horizontes crueles y me hicieron comer piedra en polvo. Todo el tiempo la tenía al alcance de la mano, bastaba con montarme al 126 junto con los pobres. Me consolé pensando que no era tan fácil; había otras Alicias, iguales a ella pero con otras configuraciones atómicas, intermitentes, monstruosas. Si me había sentado junto a la única buena debía agradecer el milagro y olvidarme de todo lo demás.

Me abrí a ella. No me importaba que fuera hija de un comisario (que había muerto en la Revolución del Parque), yo era adulto y dueño de mis actos. La magnitud de mi problema no la sorprendió. Ella había sufrido también, sus nervios habían pasado por pronunciados altibajos. Y tuvo la inteligente compasión de no reprochármelo. Después de todo, a una mujer que tenía problemas para pagar el alquiler y había visto el cadáver acribillado de su padre, podía parecerle una hiperestesia de neurasténico la de un hombre cuyo gran y único problema era no tener nada que hacer durante el día. Ella, justamente ella que estaba en el polo opuesto de la escala de la ocupación del tiempo, me entendió.

No sólo me entendió sino que me dio la clave del enigma, que yo podría haberme pasado la vida buscando sin encontrarla.

—Tu problema es que vos de entrada, por el solo hecho de ponerte a trabajar, producís lo mejor. Ya tenés en tus manos el tesoro que otros mil podrían pasarse un año sin poder lograr. ¿Qué vas a hacer el resto del tiempo? Si todo lo bueno que podías hacer ya lo hiciste.

Dije que nunca se me había ocurrido, y era cierto. Mi natural modestia me lo había impedido. Pero era cierto. Mi error había sido considerar el asunto en términos cuantitativos, considerarme a mí un obrero de la literatura que pone un ladrillo, después otro. Cuando en realidad lo que yo ponía era un diamante, y su brillo cegador congelaba el resto del día en un tedio supersubjetivo. Después de ese primer toque de Midas no quedaba nada por agregar, era el rayo nuclear del valor. ¡Y había tenido que ser una humilde mujer de pueblo la que me lo hiciera ver! No las intelectuales de las que me rodeaba, esas harpías pretenciosas. Y dado que yo tampoco había podido verlo, tomaba sentido un consejo que me dio Alicia, consejo que en su momento, en el colectivo, desdeñé como expresión de su baja condición social:

—Deberías escuchar la radio, Charles —yo le había dado un nombre falso—, para distraerte de tu discurso interior.

No tuve que internarme mucho por la calle Hong Kong porque la Antigüedad estaba en el número 1, en la esquina de Rivadavia. Se presentaba bajo la forma de un templete blanco, al que se entraba generando una contraseña en una pantalla justo debajo del viejo aldabón. Desde la vereda de enfrente no me había gustado nada la concepción arquitectónica, y de cerca me confirmaron en mi juicio esas salvaguardas digitales fuera de lugar, además de fáciles de violar. Si no me hubiera tomado tanto trabajo para llegar me habría vuelto a mi casa sin más. Pero, extinguido el Armiño, ya no tenía otro recurso. Y, haciendo de necesidad virtud, empecé a reconsiderar. El templete era un adefesio, pero no lo era la Antigüedad de la que funcionaba como representación y entrada. La Antigüedad era el arca cerrada que contenía toda la magnífica elegancia del pasado lejano. Los tesoros del tiempo se habían despojado de materia, cabían en cualquier parte: en un hormiguero, en un globo, en un frasco. ¿Por qué no en un templete blanco de estilo ecléctico?

Me vuelvo a ver ahí de pie frente a esas feas columnas, desalentado (pero el desaliento es mi estado natural permanente) y a la vez resignado a actuar, y en el pensamiento me congelo en ese instante, dejo la imagen fija. Porque necesito hacer una digresión, esta vez deliberada, para que se entienda lo que siguió. Conseguir una droga tan exótica e ilegal como el opio exige que se entienda todo el proceso, paso a paso y de modo exhaustivo. De ahí que tenga que retroceder media vida y aclarar antes de que oscurezca del todo.

Debo remontarme a mis años de estudiante, ya lejanos pero presentes como génesis, años de ansia de saber, lecturas torrenciales, carreras de aprendizaje en las que el conocimiento era a la vez la liebre y la tortuga. El estudio era un campo que se extendía ilimitado y profundo, con recorridos en todas las direcciones. Me sentía a mis anchas en él, para nada amedrentado. Quizás adivinando mi predicamento futuro, veía en él la solución perfecta a los problemas de la ocupación del tiempo: estaba sembrado de metas, tan lejanas como las quisiera y a la vez todas al alcance de la mano. Tenía ante mí una vida de gabinete, de bibliotecas, satisfactoria, vocacional y fecunda. Con mi capacidad no tendría dificultad en conseguir las becas necesarias para mantenerme hasta completar mi formación y conseguir un puesto de investigador en alguna universidad, o en el Instituto Warburg, o hasta ganar plata con mis libros.

Pero hubo un problema, que pinchó estos sueños, y todos los demás. Surgió, precisamente, de la Antigüedad, que ejercía sobre mí una decidida atracción, que resultó fatal. Me había persuadido de que su estudio era fundamental, imprescindible e insustituible para ser culto de verdad. Grecia, Roma, las dinastías sasánidas, los egipcios, los Tang: la raíz de la civilización, que seguía absorbiendo del suelo del tiempo los nutrientes de la cultura del presente.

No me faltaba entusiasmo, energía, mi memoria estaba intacta, mi mente absorbía con avidez, sabía que era cuestión de seguir leyendo para que todo empezara a conectar y se armara el gran panorama de los tiempos antiguos. Y sin embargo una sorda molestia me hacía difícil el camino, me desanimaba, era como andar en bicicleta por un barro profundo. De ser una vaga sensación que iba y venía pasó a una definida molestia mental a la que tuve que hacer frente. No servía ignorarla. Descarté cuestiones personales ajenas al estudio, porque la desazón aparecía definidamente cuando abría los libros o asistía a clases, y hasta cuando durante una caminata o una comida mi pensamiento tocaba por cualquier margen el tema de mis estudios. Hacer consciente el problema no hizo más que agravarlo.

Escudriñé en mis rincones psíquicos en busca de la causa. Lo que primero encontraba la Razón era la amplitud inabarcable del campo a recorrer. ¿Sería eso? ¿Estaría preocupado, aun sin saberlo, por haberme lanzado a una empresa que no podría llevar a cabo? Después de todo, ya había comprobado que, como lo decía la frase popular, «una vida no alcanzaba». Un breve autoexamen me convenció de que no estaba ahí lo que buscaba. Al contrario: a ese exceso de materia de conocimiento lo veía como una promesa de que nunca me faltaría tarea por hacer, un libro más que leer, un idioma extinguido más que aprender, un templo en ruinas más que ir a visitar provisto de un generoso subsidio de alguna institución. Cuanto más amplio fuera el radio de mis elecciones, mejor.

Tampoco se debía a una sospecha sobre mis capacidades. La confianza desmesurada de un joven en sus poderes intelectuales no se desmentía en mí. No había asimismo segundos pensamientos sobre el valor de la disciplina elegida, eso menos que nada. Lo poco que había hecho hasta entonces me confirmaba en la idea inicial de que la Antigüedad era el más válido de los campos de estudio. No era sólo el fundamento de la Historia sino también de las Artes y las Ciencias...

Pero esa palabra, «Historia», quedó flotando con un balanceo inquietante y un aura violeta, y me di cuenta de que había una negación de mi parte, que me impedía hacerme cargo. La superé con esfuerzo y al fin pude ver claro.

No debería haber rebuscado en turbias psicologías, cuando se trataba de algo tan concreto como mirarse en el espejo. Sabía bien lo que era, siempre lo había sabido. Se trataba simplemente de la dificultad que me oponían las fechas «al revés» de la era antes de Cristo. No las fechas en sí, que eran un número nada más, sino la relación que establecían entre ellas. Que el 50 viniera después del 70, no antes, era fácil de entender si uno lo pensaba un poco (y ni siquiera era necesario pensarlo, una vez que uno sabía cómo funcionaba), pero cuando todo era así, y había que incorporarlo, y calcular cuántos años habían pasado contando para atrás, y pensar toda la cronología en esos términos, y sobre todo cuando intervenían los siglos, y el final de un siglo estaba al comienzo, no al final, quiero decir, el 99 era en realidad el 1, el 98 el 2... Mi mente se resistía, era una tortura permanente, que contaminaba todo lo demás y me causaba esa molestia insoportable. Debo repetirme, acentuando hasta el paroxismo: hacer consciente el problema no hizo sino agravarlo. Y lo agravó tanto que me abrumó y paralizó. Ese tiempo inverso me derrotaba. Los intentos que hice de dominarlo me confundían más y más; estaba mejor antes cuando lo ignoraba y me concentraba en los contenidos. Pasó a primer plano, derramó sobre mí una melancolía invencible. ¿Tendría que pasar el resto de mi vida, o al menos toda mi juventud tropezando con números vueltos rocas hostiles, sin poder deslizarme nunca por la pendiente aceitada del tiempo? Hubo rabia, sublevación ante la injusticia, maldiciones con tinte de blasfemia contra los que habían inventado un sistema tan contranatura. Pero quizás no había otro modo de hacerlo. Y de cualquier modo, la culpa era mía. Todos los demás estudiosos de la Antigüedad se habían adaptado sin problemas. En mi caso, me convencí de que no tenía remedio. Y dado que previamente me había convencido de que el conocimiento profundizado de la Antigüedad era el sine qua non de la cultura, no me quedaba sino renunciar a toda ambición seria en el plano intelectual. Mi veneración por la cultura se trocó en odio al sentirme traicionado por ella. Mi modo de escarnecerla fue escribir novelas góticas que pusieran por el suelo el prestigio de la literatura.

El derrumbe de mi juventud se llevó consigo a Alicia. Ella había alentado los mismos sueños que yo, y la cronología en reversa no habría tenido por qué hacerla renunciar a ellos, ya que no le causaba ningún problema. Pero en su caso eran sueños de superficie, de contagio, no tenían las raíces profundas que le hubieran permitido seguir persiguiéndolos en solitario. En el vacío que se produjo en su horizonte, el primer oportunista sexual que le salió al paso la conquistó, un ser inferior, y yo no hice nada por retenerla, ya atrapado en la gravitación del deterioro moral. Se casó, tuvo hijos, se volvió un ama de casa sin inquietudes, llegó a ser la desconocida del 126, como pudo ser cualquier otra, en la ruindad de lo intercambiable.

Partimos en dos direcciones opuestas, como dos fechas disparadas al mismo tiempo por una ballesta capicúa. Yo veía a la Antigüedad retroceder vertiginosamente llevándose mis ilusiones de amor. Allí iba Alicia, montada en la flecha, flotando en el asta su pubis de azucena. Mi flecha se curvaba peligrosamente, fláccida, de goma. Mi capacidad de amar se reducía aceleradamente: 10, 9, 8… Vertiginosas geometrías conspiraron para impedirme recuperarla: en un mismo espacio dos tiempos se alejaban uno del otro. Decidí vivir, y la decisión me llevó sin escalas al crimen. Maté a un soldado con mis manos. Pasé años preso. El mar se llevó mis recuerdos, y todo volvió a ser nuevo, pero de una novedad opaca, esterilizada. Con la muerte del Armiño la Antigüedad había regresado. Alicia convergía.

Plantado como un árbol frente al templete, hacía un involuntario resumen de los hechos principales de mi vida, en el esfuerzo por desentrañar las inexplicables coincidencias. Me toqué con disimulo el bolsillo para comprobar que la billetera seguía ahí. Había traído bastante efectivo, a sabiendas de que la droga es cara, y al tratarse de una venta clandestina no se podía pagar sino con billetes. Ir a esos lugares cargado de plata no era una buena idea, pero no había tenido otro modo de hacerlo. La presencia de Alicia había sido una advertencia. Desde la partición de los tiempos, ella había llevado la bandera del realismo, por el que esas cautelas se tomaban en cuenta. Había fronteras, pasadas las cuales los sueños dejaban de ser funcionales. Era un campo minado. Si no me asaltaban acá era porque estaban robando en mi casa. La había dejado cerrada, por supuesto, pero todo el mundo sabe que las casas son verdaderos coladores. Además, estaba vacía. Les había dado el día libre a mis asistentes, en parte para poder fumar mi opio en paz, en parte para que se fueran haciendo a la idea de que se quedarían sin trabajo. ¿Para qué los quería, si no iba a escribir más? Los tenía empleados con contratos basura, así que podía despedirlos sin más. Pero eran jóvenes, sin familias que mantener, y no tendrían problemas en conseguir otros trabajos, contando con el valioso antecedente de haber escrito mis libros.

Al fin estaba en presencia del opio. No era exactamente lo que yo había esperado, pero estaba bien, quizás mejor. La primera sorpresa me la dio el tamaño. Había supuesto, a partir de lo poco que sabía sobre drogas, que por su naturaleza ilegal sería algo pequeño y fácil de ocultar, en el dobladillo de un sari, en una víscera. Resultó ser enorme.

Tal como había pensado, el dispositivo de apertura electrónica de la puerta era pura decoración. Cuando hice sonar el aldabón me abrieron a mano, haciendo chirriar los goznes oxidados. Aun así, el sujeto que apareció hizo un gesto de fatigada jactancia en dirección a la pantalla:

—Nos hacemos llamar Antiguos, pero estamos muy actualizados.

Asentí, por lástima. Y él, completando los datos de modernización antigua, se presentó:

—Yo soy el Ujier.

Me hizo pasar sin más a un vestíbulo desnudo que parecía profundo pero en la mitad estaba cerrado por un telón teatral, de terciopelo morado, de los que se abren hacia los lados. El trámite confiado y amable fue la primera sorpresa, porque lo previsible en esos casos era la cautela. Que no me pidieran identificación caía dentro del protocolo de una transacción ilegal, y además yo no tenía cara de policía. El sedicente Ujier era un hombre de mediana edad, el pelo blanco cortado al rape, robusto, de jeans y camiseta roja. No le dio importancia a la mención que hice del Armiño; me dio a entender sin palabras que recibían a todos por igual; las recomendaciones eran redundantes. Con un movimiento displicente de la mano señaló el único mueble del salón, que yo no había visto, como si su presencia confirmara la actualización a la que había hecho referencia. Era un fichero de nogal, de los que se usaban en las bibliotecas de antaño, llenos de fichas por orden alfabético; hileras de cajoncitos con manijas de bronce. Era un mueble excelente, yo siempre había querido tener uno (aunque no sé para qué me habría servido), pero no parecía lo que más pudiera justificar una pretensión de modernidad, más bien lo contrario. Con todo, no me apuré a juzgar; no sabía qué contenía.

Lo demás fue breve como el relámpago. ¿Qué quería? Opio.

—¿Cuánto?

—Uno —dije al azar, sin arriesgarme.

—¿Uno?

Como después supe, su pregunta era puramente confirmatoria, maquinal, como los mozos cuando uno les pide un café y repiten «¿Un café?», porque sí, sin segunda intención. En el momento creí que implicaba que era poco, que no me iba a alcanzar para nada, así que improvisé una explicación.

—Es para poder darme el gusto de volver a comprar más con mayor frecuencia, tan positivo me resulta el viaje en el 126 por la gente que conozco.

No me prestó atención. Pagué, y descorrió el telón. Ahí fue cuando tuve la sorpresa. El opio era del tamaño de un lavarropas. Parecía más grande todavía, por estar sobre una mesa, dominando el espacio de la gran bóveda vacía. Era blanco (yo siempre me lo había imaginado negro), de una blancura espectral, aterciopelada, como si estuviera recubierto de un polvo impalpable. Su presencia era imponente, la forma de paralelepípedo ligeramente irregular, aristas redondeadas, rugosidades que lo hacían parecer vivo y en transformación. Parecía tener una profundidad insondable.

–¿Se lo imaginaba distinto? –me preguntó el Ujier no sé si adivinándome el pensamiento, o porque la experiencia se repetía con otros compradores primerizos.

No mentí:

–Totalmente.

–No me extraña. La gente lo ignora todo sobre las drogas ilegales. Interpolan a partir de lo que saben sobre las drogas legales, y se equivocan de medio a medio. No debería ser así porque el secreto que las envuelve es violado tres veces por semana, y hace tanto tiempo que se las usa que ya su aspecto y sus propiedades deberían ser vox pópuli. Pero el malentendido persiste.

–¿A qué lo adjudica?

–No es necesario adjudicarlo a nada. La sociedad sobrevive gracias al malentendido. A las drogas ilegales las han demonizado, lo que las ha vuelto tema privilegiado de conversación. Pero la conversación gira alrededor del vacío satánico, creando una forma en negativo a la que se le dan las más variadas interpretaciones, como a una mancha de humedad en la pared, o a una nube.

–Con las creencias religiosas podría pasar lo mismo –dije, a la vez que trataba de asimilar una teoría tan original.

–Con lo inexistente en general.

–¡Pero el opio existe!

Esta exclamación brotó exaltada de mis labios como respuesta a la contundente presencia de esa masa blanca que tenía ante mí. El Ujier también contemplaba absorto, en una actitud que yo conocía bien por las visitas guiadas que presidía en mi casa: cuando alguien ve algo por primera vez, el que se lo ha mostrado, aunque esté cansado de verlo, lo acompaña espontáneamente en el descubrimiento; es una de las tantas identificaciones que emparchan la vida cotidiana.

Habíamos dado toda la vuelta a la mesa, pensativos, y en mí asomaba la admiración que provoca automáticamente todo volumen de materia cuando se lo ve aislado.

—Hace pensar en el noble arte de la escultura —dije—. Por un lado es el consabido bloque de mármol del que un Michelangelo va a sacar todo lo que sobra para revelar la figura humana agazapada adentro. Pero con lo que es el arte contemporáneo, así como está podría funcionar como escultura, y la encuentro muy decorativa y significativa.

—Y habría que trabajar menos.

—No habría que trabajar nada —asentí.

Subrayé con energía la última palabra, pensando en el vacío que se abría en mi vida desde que abandonara el trabajo literario.

—Creo —dijo el Ujier— que más que la alternativa entre trabajo y ocio lo que está en juego es la contradicción figurativo/abstracto. Esa contradicción, dialéctica en buena medida, está en el corazón del opio, sale de él entera y armada como Palas Atenea de la cabeza de Zeus. El opio es llamativamente figurativo en tanto toma su población del acervo imaginativo del usuario. Pero esa figuración es abstracta porque no responde a ninguna representación definida: son formas desprovistas de contenido.

Me aburría que alguien quisiera mostrarse inteligente a mis expensas, así que pretexté apuro y hablé de marcharme. Pero no sería tan fácil. Si había creído que todo era meterme la compra en el bolsillo y tomar el 126 de vuelta, debía reconsiderar. Tal como se presentaba el problema, no le veía solución. Yo no podía cargarlo, y llamar a un flete me habría obligado a dar explicaciones mendaces y exponerme a una denuncia. ¿Mudarme a la Antigüedad? Qué chiste. Me paralicé, mi mente se puso en blanco, coloración que hacía juego con la masa que la causaba, que me miraba impasible desde el fondo de sus polvos nevados. Así podría haberme quedado una eternidad si el Ujier no me hubiera recordado que con la compra venía incluida la entrega a domicilio. Respiré aliviado. Le pregunté si tenía vehículo propio. Sí, una Estanciera. En mi cerebro hubo un fogonazo de reconocimiento: en la calle, justo frente al templete, había visto una Estanciera, y sin detenerme a observarla una parte marginal de mi pensamiento había exclamado ¡qué antigualla! en una comprensible asociación de ideas. Pero era cierto que me transportaba a mis tiempos antiguos personales, porque no veía una Estanciera desde hacía muchos años; era un vehículo de producción nacional, copiado del clásico Jeep, pensado para poblaciones rurales. Yo mismo, de chico, había fatigado las rutas y huellas de la provincia en el asiento trasero de una Estanciera, la vista fija en la nuca de mi padre, presa del temor irracional de que se muriera manejando y ya sin control nos estrelláramos contra las pircas. Con los años, fueron remplazadas por la F-100 y después por utilitarios modernos y las poderosas cuatro-por-cuatro; las Estancieras se arrumbaron, las buenas chapas de su carrocería sirvieron para hacer casas precarias en las villas, los motores se enterraron. Algunas sobrevivieron, en manos de nostálgicos o coleccionistas, o, como parecía el caso del Ujier, por falta de algo mejor. En efecto, este ejemplar era una auténtica ruina; pero él parecía confiar en que arrancaría, y si me sacaba del apuro, yo agradecido.

Entre los dos tapamos el opio con una manta, y no sin sudor y tropiezos lo cargamos en el espacio trasero de la Estanciera, de la que habían quitado los asientos. Al salir, el Ujier, con las manos ocupadas, cerró la puerta de calle con el pie, y oí un ruido ominoso de cerrojos que caían. Me pareció muy desaprensivo de su parte, pero no dije nada. Partimos, con ronquidos tartamudos del motor y un ensordecedor traqueteo de chapas sueltas. La Estanciera parecía despertarse de un largo sueño conciliado en los años del Desarrollismo. Poco a poco fue estabilizándose, al tiempo que me desestabilizaba yo. El ruido y el bailoteo, el moho que cubría el tablero, las telarañas que colgaban sobre el parabrisas, me habían distraído de la dirección que llevábamos. Íbamos hacia la General Paz, lo que en primera instancia me hizo pensar que el Ujier estaba buscando una calle que fuera mano para dar la vuelta. Cuando vi que no era tal el caso, me alarmé. No es que me considerara tan valioso como para ser objeto tentador de un secuestro, y no había motivo para temer un robo, porque ya me había desprendido de toda la plata que llevaba encima. Pero descubrí que no había mala intención. Simplemente mi chofer ocasional había partido en cualquier rumbo, esperando que yo le diera la dirección, cosa que se me había pasado por alto hacer. En realidad, como me di cuenta a poco de avanzar, el hombre necesitaba algo más que la dirección; mucho más. No tenía idea de la ciudad, parecía como si fuera la primera vez que circulaba por la calle. Tuve que guiarlo todo el trayecto, lo que no me fue fácil, acostumbrado como estaba a dejarme llevar por el 126 y sumirme en el sueño diurno todo el viaje.

No sólo eso: también tuve que recomendarle conductas: al partir iba demasiado rápido, como un niño en los Autitos Chocadores. Le pedí que aminorara: me hizo caso, pero se excedió: iba demasiado lento, de atrás nos mataban a bocinazos. Al fin logré que adoptara una velocidad crucero razonable. Y debí explicarle lo que eran y para qué servían los semáforos, que parecía no haber visto nunca, o no haberlos tomado en cuenta. Aunque por un momento pensé que me estaba tomando el pelo, su carota de inocente me convenció de que era ignorancia genuina

—Debería salir más —le dije.

—Tiene razón. He sido un preso voluntario. Salvo que nada es del todo voluntario en esta vida.

Ya tendría tiempo de acostumbrarme a estos arranques filosóficos de un hombre constitucionalmente incapacitado para la filosofía. Pero en la procelosa navegación nocturna que estábamos llevando a cabo prefería que se concentrara en el volante, así que no le di pie para que siguiera. Yo también me concentraba, aunque sin lograr grandes resultados de orientación; no cesé de darle indicaciones, empero, ya que por erróneas que fueran siempre serían mejor que nada. No me extrañaba que él estuviera tan perdido: de las procesiones fijas del pasado remoto se zambullía en el presente, en lo incompleto del presente, y se veía obligado a sortear los huecos.

Después de dar mil vueltas innecesarias y perdernos más de una vez, al fin llegamos a mi casa. Igual que lo había hecho para cargar, me ayudó a descargar. Su auxilio fue providencial porque yo solo no habría podido con semejante peso y un volumen tan incómodo de manipular. Se mostró muy comedido, tanto que me pregunté si estaría esperando una propina. No parecía probable, después de que yo le hubiera pagado una pequeña fortuna por el opio. Decidí que el mejor lugar para guardarlo era el cuartito que en uno de mis tantos proyectos no realizados había querido dedicar a taller de pintura y escultura. Nunca había hecho nada ahí, pero el ambiente estaba cargado de sueño de imágenes que el opio reactivaría. Lamentablemente estaba en el segundo piso, así que hubo que negociar las empinadas escaleras, y terminamos deshechos.

Le ofrecí tomar algo.

—Más tarde —dijo.

Por esta respuesta, y por su actitud en general, empecé a sospechar que no tenía intenciones de marcharse de inmediato. No tardé en tener que corregir esta proposición, amputándole su última cláusula. No tenía intención de marcharse.

No tenía adónde ir, dijo con una candidez desarmante.

—Pero… la Antigüedad…

Negó tristemente con la cabeza: una vez que se salía no se podía volver a entrar.

Quedé atónito. No sabía si estaba ante un fenómeno sobrenatural, un abuso de la metáfora, o un vivillo que había encontrado un pez gordo hecho a su medida. Ajeno a mis incertidumbres, él seguía masticando su soliloquio. Decía no poder evitar una melancólica nostalgia por haber abandonado el que había sido su hogar durante un lapso tan prolongado, y verse de pronto en un mundo que no conocía, librado a sus anacrónicos recursos. Pero por otro lado creía tener motivos para ver con optimismo lo que en definitiva era un comienzo, una aventura. Confiaba en que los inevitables tropiezos de la adaptación los superaría con mi ayuda.

—¿Y la Antigüedad? ¿Quedó vacía?

—¡Obvio!

–¿Cerró al salir? ¿Trajo la llave?

Me miró con sorpresa:

–Pero ¿cómo? ¿No lo sabía? La llave está en el centro del opio. Hay que consumirlo todo para liberarla. Creí que lo sabía.

Hay gente a la que no se puede sacar una historia si no es con tirabuzón. El Ujier era un caso extremo. Para emitir opiniones siempre estaba más que dispuesto, para el filosofar plebeyo, y disfrutaba perorando; quizás esa predisposición era la que inhibía su capacidad narrativa. Incapaz de contar de modo comprensible qué había hecho el día anterior, mucho menos podía pedírsele que contara su vida. A mí qué me importaba su vida, pero los hechos relativos al cierre de la Antigüedad, en tanto tuvieran que ver conmigo, me concernían, por no decir que me intimidaban. Pero qué trabajo me dio. No podía hilvanar un episodio con el siguiente, parecía como si para él el relato fuera una constelación de datos sueltos, chispas de hechos flotando en lo negro, y que las atrapara el que pudiera. No sólo era deficiente en la sucesión; eso no habría sido tan grave después de todo, porque siempre se puede armar lo desarmado, si había nacido armado; el origen tiene fuerza suficiente para persistir más allá de los distintos finales a los que se lo somete. Más grave era que no distinguía los niveles de importancia o pertinencia, lo que hacía que intercalara al azar informaciones que servían o no al relato. Los datos impertinentes se ofrecían para el armado de otros rompecabezas, secundarios, y al oyente se le hacía un lío en la cabeza. Y todo esto, destartalado e incoherente, encima había que sacárselo a tirones, con preguntas y resúmenes parciales para recordarle a él mismo qué era lo que estaba contando y adónde había quedado cuando se puso a papar moscas.

En estas condiciones es fácil ver cuánto me costó saber qué le había pasado y cuál era el motivo por el que tenía que darle alojamiento hasta que se terminara el opio. ¿Y realmente lo supe? Imposible afirmarlo con certeza absoluta. Armé una historia plausible a partir de la información fragmentaria que le fui sonsacando. Pero la historia que armé era la que quise armar, y me quedó la sospecha de que había seguido más mis gustos literarios que el apego a la verdad.

Por lo que pude reconstruir, este sujeto, después de una juventud desorientada se había asimilado, en calidad de ordenanza, a un consorcio que vendía opio. El negocio era tan excelente que permitía emplear a alguien tan inútil como él. En otro rubro donde la renta marginal no hubiera sido tan abundante jamás habría conseguido trabajo. Ya eso podía agradecerlo, pero además había otros beneficios: en primer lugar lo poco que había que hacer. El grueso de la tarea se concentraba en un día al mes, cuando iban al campo en la Estanciera a buscar el opio; y ni siquiera se lo podía tomar como trabajo, ya que estaba amenizado por el picnic bajo los árboles, a la vera de un arroyo, la siesta en el pasto, el amor de una campesina. El resto del tiempo era no hacer nada, esperar a que vinieran los clientes, en todo caso ir a abrir la puerta, como gran interrupción de un espléndido ocio. Si bien la compraventa se hacía rápido, no le había pasado inadvertido el alto nivel cultural de los compradores. Como el opio activaba las imágenes internas, sus usuarios debían tener almacenadas estas imágenes, adquiridas en aulas, bibliotecas o museos. Era gente culta, cuyo contacto, si bien ocasional y las más de las veces apurado, empezó a sacarlo de la crisálida de ignorancia y falta de modales en la que había vegetado hasta entonces. Lamentablemente el proceso abortó, y él volvió a la crisálida.

El motivo fue la sorda guerra que entabló contra ellos una banda que hacía estragos en Villa Luro. Se hacían llamar los Cofrecillos. Eran menores de edad, provenientes de las villas circulares del cementerio. Su salvajismo se manifestaba en acciones no planificadas, ataques relámpago con intención de robo. La edad los hacía ágiles como monos, veloces, precisos como la línea en la geometría. Y las drogas contribuían al efecto sorpresa, en tanto les aportaban el movimiento mecánico involuntario, la risa demente con la que paralizaban al enemigo, la caída profunda en la acción.

Por más que el consorcio del opio había tratado de mantener su actividad en la mayor discreción, fue inevitable que su existencia se filtrara y llegara a oídos de los Cofrecillos. El opio era una droga demasiado refinada para ellos, pero no lo sabían. En sus mentes infantiles droga era droga, y se apasionaron por la novedad. Era imposible resistírseles, porque no cedían jamás, a partir de una furia sin altibajos, y del número, que crecía sin que ellos crecieran. Como máquinas dotadas de dispositivos de autoaprendizaje, adquirían habilidades nuevas en cada embestida. Invencibles, indiferentes a la suerte, el terror y la victoria les eran connaturales. Aun así, el consorcio opuso resistencia; el negocio era demasiado bueno para abandonarlo en las sucias manitas de los mocosos.

Las calles de Villa Luro se volvieron un campo de batalla. Hubo bajas de ambos lados, las heridas se restañaban a la luz de las estrellas, los gritos escalofriantes de los asaltos partían el sueño en dos. Cuando los combates nocturnos se desplazaron al día, fue el acabose, porque el desplazamiento arrastró consigo la oscuridad, y con ella los peligros múltiples de la ceguera. Los hombres del opio cambiaron de estrategia. Con el sello falsificado de una ONG de beneficencias familiares acudieron al Instituto de Menores para recabar datos de los integrantes de la banda. Una investigación exhaustiva en los legajos les permitió ficharlos a todos. La información, en tarjetas escritas en código simulando fichas bibliográficas, quedó guardada en un elegante mueble antiguo (el que yo había visto y envidiado). Allí había suficiente material como para hacer volar en pedazos a los Cofrecillos para siempre.

Los niños debieron de intuirlo, y se enfocaron en apoderarse del fichero y destruirlo. Era su única opción de supervivencia; a pesar de su desprecio de la vida, las correrías nocturnas, la escalada de nuevos éxtasis, el Mal en general, eran suficientes para movilizarlos. Furias y noches se conjugaron tras ese objetivo, que por contrapartida era la única salvaguarda con la que contaban los hombres del opio. ¿Dónde esconderlo? Demasiado grande para una caja fuerte, demasiado inflamable, y no se mimetizaba con nada que hubiera en la Naturaleza. Las casitas mil veces violadas de los barrios del Oeste no ofrecían ninguna seguridad. Y sacarlo del radio de acción de los Cofrecillos le haría perder buena parte de su poder de disuasión. Pero no se dejaron vencer por la dificultad: de otras habían salido airosos. Si el espacio no ofrecía soluciones eficaces, el tiempo podría hacerlo: de ahí nació la idea de mudarse a la Antigüedad.

Ahí el fichero, con su contenido explosivo, estaba a salvo. Pero vivir en la Antigüedad tenía un alto precio, superior al que cobraban los hoteles más caros. Los años empezaron a correr hacia atrás, más rápido que lo normal, mucho más rápido porque afuera, en Villa Luro, seguían corriendo hacia delante, y al cruzarse, como cuando se cruzan dos trenes que van en dirección opuesta por vías paralelas, la velocidad parece multiplicarse. Se marchitaron, fueron desvaneciéndose uno tras otro como recuerdos olvidados, y al final quedó él solo, a la espera del que viniera a llevarse el opio.

Esto fue más o menos lo que pude reconstruir de la historia del Ujier. Los puntos oscuros quedaron librados a mi ingenio para completar y explicar. Por ejemplo, ¿por qué la llave estaba en el centro de la gran masa de opio, y por qué había que consumir éste para rescatarla, en lugar de serruchar o hacer un agujero con un taladro y sacarla? Trataré de explicarlo, pero haciendo la salvedad de que no me baso en datos recabados en ninguna parte sino en mi especulación. Para algo debería servirme mi experiencia de escritor de géneros populares, que tienen lectores exigentes con el realismo, el verosímil, las explicaciones completas (mientras que a los lectores de literatura pretenciosa se los puede conformar con metáforas o juegos de palabras).

Pues bien: que la llave hubiera quedado en el centro de la masa se explicaba perfectamente por el hecho de que a las llaves siempre hay que ponerlas en el mismo lugar para encontrarlas cuando se las necesite, ¿y qué mejor lugar para un traficante de opio que el opio? Que a su alrededor hubiera crecido la masa de sustancia era más que comprensible ya que el negocio exigía un permanente aporte de mercancía; y si la llave había quedado ahí era porque, encerrados como estaban, sin asomarse a la calle por miedo a los hamponcillos, no la usaban nunca.

Por último, había que tomar en cuenta que los Cofrecillos habían evolucionado, se habían vuelto criminales adultos que seguían en acción pero podían ser defenestrados si el fichero salía a luz. Había recaído sobre mí la responsabilidad de adelgazar el opio lo suficiente como para recuperar la llave, abrir la Antigüedad y terminar con el flagelo de la delincuencia en Villa Luro.

Uf. Qué trabajo me dio la explicación; y no quedó muy bien. Pero cualquiera que lo haya intentado sabrá lo difícil que es anudar de modo convincente los cabos sueltos que dejan los hechos, sobre todo si los ha dejado la realidad en su transcurso accidentado e imprevisible.

Los efectos antidepresivos del opio no tardaron en manifestarse. Mi mente, liberada de las trabas del tedio, proyectaba imágenes sobre los planos de sí misma. Descubrí el secreto del atractivo irresistible del opio, el motivo que lo hacía tan deseable para tanta gente, tanto como para animarlos a desafiar la ley y a poner en peligro su salud: trasponía a imagen mental todas las cosas, las grandes y las chicas, los ríos y las montañas, así como la vajilla, los relojes, la caída del cabello, los recipientes. Y no sólo los objetos que cabían en una enumeración caótica sino también los que por su valor o su carácter sublime están aislados y fuera de circulación: las obras de arte, las gemas que por ser tan importantes tienen nombre. Todo pasaba a los planos, con lo que uno podía dejar de preocuparse por las cosas, por su cuidado y conservación, y hasta podía ver con indiferencia su destrucción, ya que las tenía en otro formato, prácticamente indestructible, interiorizado. Qué tranquilidad, no hacerse más problemas por incendios o inundaciones, robos, vandalismos, o por la lenta pero segura corrosión del tiempo. Gracias a esa sustancia mágica todo estaba fresco, sus colores prístinos, en un limbo donde nada podía afectarlo.

Como contrapartida, había que resignarse a que no hubiera nada nuevo. No había creación, sólo recopilación. Creo que nunca antes se había definido al opio como una recopilación, por lo que reclamo la primacía de originalidad en este punto. No sé si por deformación profesional o porque era el único formato que le convenía, lo vi como un libro, un vademécum sedoso cuyas hojas pasaban en silencio.

Torrentes de mundos se derramaban sobre mí. Los atravesaban caravanas inmóviles. Formas en permanente contracción y dilatación. Pagodas. Prótesis. Yo lo asimilaba todo a medias. Mis hábitos de trabajo eran adversos a la escritura automática que parecía ser el método de producción de estas visiones. Escribiendo para el público de la literatura de género, con su gusto rudimentario a la vez que exigente, debía mantener un estricto verosímil, cada episodio tenía que estar encadenado al anterior y al siguiente con sólidos ganchos de bronce. La acción debía ser previsible tanto para adelante como para atrás. El desencadenamiento del opio me extraviaba. Aunque también lo disfrutaba, como algo distinto, como una venganza de los largos años pasados teniendo que explicar por qué un yelmo gigante caía en el patio del castillo.

Un fenómeno curioso que observé fue que cuando en el pico de la intoxicación se sucedían las imágenes, y yo, a falta de otra cosa que hacer, iba nombrando los objetos que representaban, la lista se daba en estricto orden alfabético. En el momento estaba demasiado entretenido con las visiones para advertirlo; lo hice a posteriori. La explicación debía de estar en el hecho de que el opio hacía que las leyes del azar que rigen el mundo objetivo se plegaran al inconsciente del observador, que estaba estructurado como un lenguaje. Y el lenguaje, el gran lance de dados de veintiocho caras, me llevaba al efecto central del opio, que era la traducción al presente de todo lo que en el estado normal se encuentra disperso en los distintos estadios del tiempo. La metáfora de la traducción no es del todo una metáfora. Era un idioma al que se le habían extirpado todos los tiempos verbales, incluido el tiempo presente. Pero de esa extirpación resultaba un discurso (discurso de imágenes en orden alfabético) en presente.

Con mi historial, esto tenía para mí un sentido más acentuado que el que podía tener para otros. En efecto, la escritura de novelas góticas exigía el uso del pasado en su forma más exasperada. Todo lo que contaba, todo lo que inventaba, había sucedido en un pretérito tan lejano que ningún presente podía alcanzarlo. A la larga se creaba una dolorosa nostalgia del presente. Vicariamente se lo podía producir mediante los fantasmas, que volvían de la muerte y revoloteaban o arrastraban cadenas en un presente recuperado. Pero el remedio era peor que la enfermedad, porque la actualidad de los fantasmas era apenas una cuestión de creencia, no de la realidad efectiva que uno le pide al presente.

De modo que el opio me resarcía ahí también. No sé qué más podría haberle pedido. ¿Que cambiara de nombre? ¿Que en lugar de Opio se llamara Calvicie, o Perpignan? No habría cambiado nada. Los nombres eran convencionales. Las palabras en general eran convencionales, estaban unidas a las cosas sólo por el hábito. El opio las atraía en sus remolinos de pensamiento, la palabra chocaba con una imagen, la imagen rebotaba contra otra palabra, y todo eso pasaba literalmente. Por causa del opio yo debía poner ese adverbio al final de cada frase que pronunciaba. «Ya es hora de comer, literalmente.» «Habría que pasar la aspiradora, literalmente.» Si no, corría el riesgo de ser malentendido, hasta por mí mismo.

Y era importante mantener abiertos los canales de la comunicación, porque la vida seguía. No diré que no me sorprendía, en el estado en que me encontraba, pero así era: la vida seguía, casi como antes. El paso-a-paso paralítico de lo cotidiano era implacable. Yo lo padecía de lejos, tenía que hacer un cierto esfuerzo imaginativo para ponerme en el lugar del hombre que había sido. No tenía ninguna obligación de hacerlo, pero lo hacía de todos modos, por un resto de sentimiento del deber que persistía bajo el colchón de la estupefacción. Era como cuando un pintor pasa de lo abstracto a lo figurativo.

La casa se me había vuelto demasiado grande tras la expulsión de los siete amanuenses. También di de baja a las sirvientitas: al haber terminado la actividad literaria, no habría más visitas de periodistas, editores, traductores, la casa no tenía por qué ser un brazo de mar, no había necesidad de impresionar a nadie. Aun así, mis escrúpulos higiénicos seguían en pie, pero con la mitad de los cuartos cerrados, y nosotros tres nada más en la casa (y yo en la catatonia opiácea casi no contaba), Alicia podía arreglárselas sola.

Si hubiera seguido preocupándome por algo, habría tenido motivos, porque los problemas menudeaban. El Ujier, si bien se había encerrado en un silencio melancólico, no perturbaba menos por su presencia. Desocupado, desprovisto del menor interés en lo que lo rodeaba y de la formación cultural que le habría permitido inventarse algo parecido a un hobby, sus deambulaciones por los salones eran un recordatorio del tiempo vacío e inútil. Si abría la boca, era para reprocharme la intromisión que lo había sacado de su paraíso privado, de la existencia entretenida que llevaba en una Antigüedad poblada de mujeres desnudas y sátiros de friso, para arrojarlo al abismo de la nada y la angustia. Me reprochaba que yo me perdiera en mis ensoñaciones felices sin ocuparme de darle algo que hacer. Me pedía lo imposible, porque ya no había nada que hacer. Además, debería haberme agradecido que lo hubiera sacado de la vida de *dealer*, profesión llena de riesgos, que además ejercía en un barrio peligroso. Es más: creía haberle salvado la vida. Para convencerlo le mostraba una noticia en el diario: Tiroteo en la calle Hong Kong, muertos, heridos, derrumbe de un rascacielos. Rechazaba con violencia mis buenas intenciones, me hacía notar, con una mezcla de sorna y rabia, que le estaba mostrando un titular que anunciaba el estreno de la película King Kong; entrecerré los ojos tratando de enfocar las palabras impresas; el opio me hacía divagar un poco, pero no creía que fuera para tanto. Sin embargo en este caso el Ujier tenía un argumento más contundente: hacía mucho que no comprábamos el diario. Vivíamos en un limbo intemporal, y el diario que yo le estaba mostrando, oscurecido por el tiempo, desintegrándose en mis manos, era de 1933, año del estreno de la película de Cooper-Schoedsack. Pensé que me habría confundido la identidad de la palabra Kong en King Kong y en Hong Kong. Aun así, no di el brazo a torcer.

No tenía por qué hacerlo. La vida del distribuidor minorista de drogas en los barrios bajos era peligrosa realmente, y el Ujier, con su falta de iniciativa para el combate callejero, no habría sobrevivido. Pero él insistía en que su título de Ujier de la Antigüedad era protección suficiente. Las balas surcaban el espacio, no el tiempo. Mi intromisión había provocado una reacción en las coordenadas.

—Estás abusando del juego de palabras, miserable gusano.

—Más lombriz serás vos.

Me largué a reír. Sus réplicas tenían algo de infantil, haciéndolo parecer más indefenso todavía. Me daba la impresión de que se transformaba con el correr de los días. Si era sólo una impresión, podía deberse a la progresiva modificación mental que me estaba provocando el opio; también podía ser el efecto normal del acostumbramiento a una cara. Lo cierto es que el que me había parecido, al conocerlo, un adulto responsable de un emprendimiento ilegal empezaba a lucir a mis ojos como un joven perdido en un mundo demasiado grande para él. Se infantilizaba. Pero quizás no era sólo una impresión de mi parte. Había oído decir, en los tiempos en que todavía seguía la actualidad, que los expulsados del orbe laboral por la desindustrialización del país, producto de las políticas neoliberales, podían tener dos reacciones opuestas al perder el trabajo, según el esquema básico de su personalidad. Unos se asumían adultos, libres de la dependencia de un patrón o una empresa, dueños al fin de su destino, su carácter se afirmaba, empezaban a mandar en la casa (no pocos empezaban a cascar a la esposa que hasta entonces los había tenido a raya), se afirmaban en su sexualidad de machos. Otros en cambio, por la misma razón de verse librados a sus propios recursos, se retrotraían a una condición de niños, de huérfanos, perdían la virilidad, quedaban a la deriva. Este era el caso del Ujier.

Pero yo había dejado de leer los diarios desde que permití que el genio intempestivo del opio se apoderara de mí; el último *Clarín* que había comprado era el que anunciaba el estreno de la película *King Kong*. Y en ese lapso la situación había cambiado. Gobiernos populares y nacionales, aplicando políticas anticíclicas, habían reindustrializado el país, el desempleo había bajado, se reivindicaban derechos laborales percudidos por el desuso. De esto último, que no podía estar más lejos de las preocupaciones de un soñador en las pagodas celestes del olvido inducido, tuve una prueba fehaciente, tan cercana que me laceró las entrañas.

La causa fue Alicia. Fue por ella que despedí a la servidumbre. No sólo por ella, también porque no quería testigos de mi uso de estupefacientes (no sabía cuánto se podía notar por mi comportamiento). Aunque podía haber conservado una o dos mucamitas, amenazándolas para que no hablaran. Pero Alicia insistió en que se las arreglaría sola. Y ella tampoco quería testigos, que pudieran ir a contarle al marido sobre la relación que mantenía conmigo. Relación ambigua, que no tuvimos el valor, o el tino, de aclarar de entrada y quedó en una media tinta que no tenía nada de los poéticos claroscuros de Poussin. Era mi amante y mi sirvienta a la vez. Esa ambigüedad no era tanto culpa mía como un reflejo de su recorrido vital. La joven brillante que yo había conocido, la aventajada estudiante de Ingeniería, inventora precoz del Transformador Cóncavo Convexo, ante la que se abría un futuro de éxitos profesionales, se había dejado vencer por los embarazos no deseados, la bancarrota de los sueños, el cretinismo de la hornalla y la batea. Al llenar el formulario para pedir el boleto social con el que viajar en el 126 tuvo que sufrir la humillación de poner «Ama de casa». Y no le importó. ¿Por qué le iba a importar si eso es lo que era? No terminó ahí su caída. Cuando el marido quedó desocupado al cerrar la fábrica, tuvo que salir a trabajar. Su título de ingeniera no le sirvió de nada, dado el colapso masivo de la industria nacional. Se conchabó de lo que pudo, limpiando casas, planchando para las burguesas. Terminó de sirvienta de un opiómano.

Cuando me oía reflexionar en voz alta sobre el tema, me acusaba de inventarle una biografía imaginaria sólo porque yo llamaba Alicia a todas las mujeres que habían pasado por mi vida. Hábito machista según ella, que rebajaba a las mujeres al nivel de personajes de una novela hecha como un collage. Ella no había sido una joven brillante y ni siquiera sabía cuál era la diferencia, si había alguna, entre lo cóncavo y lo convexo. Lejos de tener una educación universitaria había trabajado casi desde niña y no había dejado de hacerlo nunca, siempre en el servicio doméstico, barriendo, fregando, soportando las humillaciones y vejaciones inherentes al estado servil.

Y como para que yo no dudara de su palabra y me convenciera de que era proletaria de alma y de historia, me exigió que la pusiera en blanco. Eso significaba inscribirla en la Anses, hacer aportes, pagarle aguinaldo, vacaciones. Yo era, en ese aspecto como en tantos otros, hombre de la vieja escuela, en la que las sirvientas eran parte de la familia, y como tal se les pagaba poco y salteado, estaban a disposición de la patrona las veinticuatro horas de todos los días del año, y acataban las urgencias sexuales de los hombres de la casa. No necesitaba que nadie me dijera que tal actitud era políticamente incorrecta. Así era yo. Los tiempos habían cambiado, y seguramente había llegado la hora de que cambiara yo también. Pero no era el momento apropiado. El mecanismo de transformaciones que el opio había instalado en mi cerebro ya colmaba la capacidad de cambio de este órgano, a cuyo servicio me encomendaba. Como no me atreví a negarme de frente, le di largas. Le dije que el enrolamiento en el Sindicato era en marzo, sin recordar que estábamos en marzo. Usé un argumento especioso: yo no le pagaba a las mujeres con las que me acostaba. No por avaricia sino por respeto a la condición femenina. Me respondía con la patente disociación de sus funciones, y no se privó de la amenaza de expulsarme de su lecho.

Las discusiones no tenían fin, robándome la paz que tanto necesitaba. Pero ¿cómo podía ser? Yo estaba consumiendo el loto del olvido, que según su fama debería haberme puesto en una nube de felicidad sin altibajos. Al menos eso era lo que diría el prospecto de la sustancia, si la vendieran en las farmacias. Todo el inmenso prestigio del misterio y de la Antigüedad se conjugaba en sus poderes, a los que nada se resistía. ¿Cómo podía ser que a ese verdadero tanque Panzer psíquico lo derrotaran vulgares preocupaciones del quehacer diario? ¿El mármol de los Partenones del cielo se disolvía bajo la acción del ácido de una fregona engreída? Era como para no creer más en nada. ¿Me habían vendido opio de mala calidad? Lo descarté, en primer lugar porque su procedencia, la Antigüedad, era suficiente garantía; en segundo lugar, porque el Ujier no tenía agallas para llevar adelante una adulteración como la gente. Además, yo estaba realmente sintiendo la paz sublime del opio, así que el problema no estaba en la sustancia en sí. Tampoco estaba en mí. Era más bien un desdoblamiento de la realidad. En un plano se volaba a los jardines colgantes de la divina fantasía, en otro reinaba el realismo más prosaico.

Este segundo plano se acentuó con un incidente que puso en peligro el precario statu quo obtenido hasta el momento. Los residuos del opio me habían planteado un problema. No sabía dónde tirarlos. Eran voluminosos, desagradables de ver y sobre todo despedían un olor invasivo con el que era imposible convivir. Transportarlos en la Estanciera a un basural lejano habría sido lo ideal, pero la Estanciera ya no andaba. La herrumbre la había invadido, el motor era una masa de fierros deformados y pegoteados, los neumáticos se habían podrido, la carrocería era puro agujero. Por las noches el proceso se aceleraba, y el crujido de la corrosión se infiltraba en nuestro sueño. En el apuro, porque el olor no se aguantaba, e impedido de pensar con claridad, hice lo que habría hecho cualquiera en mi lugar: tiré los residuos en la calle, debajo de la Estanciera, precisamente. Problema resuelto, dije creyéndome muy eficaz. No sabía el lío en que me estaba metiendo.

Primero fueron los perros callejeros los que acudieron, atraídos por el aroma repugnante. Lamían los grumos grises y se volvían locos. Las peleas, con ladridos y gruñidos ensordecedores, se sucedían en un escándalo permanente. No tardarían en llamar la atención de los vecinos, afortunadamente todos al otro lado del parque. Estaba pensando qué hacer para espantarlos, cuando otros se encargaron de hacerlo por mí: los cartoneros que recorrían el barrio al anochecer con sus carritos. Para mí fue objeto de la mayor perplejidad saber cómo se dieron cuenta de que esos feos rezagos malolientes creaban paraísos artificiales. Pudo ser que observaran a los perros lamiéndolos y vieran cómo se les erizaba la pelambre y les brillaban los ojos con llamitas azules. Pero esa gente no era tan observadora, o tenían la observación muy especializada, como necesitaban tenerla los depredadores en el mundo de la basura. Otra posibilidad era que su nivel socioeconómico y sus circuitos por la ciudad los hubieran identificado con los perros y creado una comunicación subterránea con ellos. Lo cierto es que empezaron a venir, en hordas silenciosas que se volvían vocales con la ingesta. La buena nueva se había difundido a la velocidad del relámpago. Empezaron a venir de otras zonas, alterando sus recorridos, con lo que juntaban menos cartones, pero el goce vicario que les daba la materia degradada del opio hacía que no les importara. Yo los contemplaba desde una ventana del segundo piso. Nadie se privaba de un bocado, hombres, mujeres, niños. A continuación perdían el control, cada cual el control del que disponía, que en ningún caso era mucho. Si yo no hubiera estado bajo el efecto del más poderoso antidepresivo del mundo, esas tristes orgías de la miseria me habrían sumido en la depresión.

Era cuestión de días, quizás de horas, para que las ebriedades frente a mi casa llegaran a oídos de la policía, y me viera en apuros. Por suerte antes se enteraron los reyes narcos de la villa 1-11-14 y acudieron en sus camiones, con tropa y metralletas y dispersaron a los cartoneros. En adelante se llevarían ellos el residuo, para venderlo. Problema resuelto, volví a decir yo, que ya empezaba a sentirme protegido por alguna especie de divinidad. La misma que me proveía los problemas, para poner a prueba mi blindaje espiritual, y después hacía gala de benevolencia solucionándolos. (El círculo virtuoso de los dioses.)

A la noche, subía al desván donde dormía Alicia. Nos revolcábamos con exigencias de pasión, la flexibilidad que me daba el opio me permitía practicar el universo interior tanto como el exterior. Antes no había encontrado tan interesante su cuerpo, por lo visto las limaduras de la edad hacían posible otras lecturas. La montaba como una bestia hambrienta. Me permitía todo, con tal de desenmascararla. Esperaba sacarle la verdad con fornicaciones; si había que vejarla, la vejaba. Estaba desatado. Cualquier cosa que le hiciera podía pasar por un episodio más de las libertades del sexo. Sabía que no iba a confesar, pero no era necesario que lo hiciera. Insistir era mi modo de ilustrar nuestra historia común. Ni por un instante había creído su historia, por más que ella la proclamara y adornara con un resentimiento social que olía a impostado. La oí hablar por teléfono con una amiga: «No lo vas a poder creer… Lo encontré en el 126… Hay coincidencias que parecen preparadas…». Ahí el inconsciente la delataba: a mí también me parecía que no era coincidencia. No podía serlo, porque vivíamos en ese mundo artificial armado como un objeto precioso, en el que cada pieza tenía una larga historia, un orden, un sentido.

Despreciando los grandes dormitorios con mobiliario egipcio y veneciano, las alfombras y los baldaquines, Alicia había insistido en ocupar un cuartito en lo alto, bajo la mansarda, con el techo inclinado y apenas espacio para moverse. Ni siquiera tenía puerta sino que se entraba por una trampa en el piso, subiendo una escala de cañas. La instalación eléctrica se extinguía en el tercer piso y no llegaba aquí: una lamparilla de aceite la suplía con ventaja dándole a los embates de nuestros cuerpos ese tizne carnal de la iluminación antigua. Yo hacía el trayecto en puntillas; por mi parte desdeñaba el ascensor de rejas que había hecho instalar más como montacargas de momias que como comodidad de futuros huéspedes: castigaba las escaleras que a partir de mi dormitorio seguían subiendo, los pasillos aterciopelados que en la oscuridad me tragaban y regurgitaban, puertas que se abrían solas por acción de resortes, hasta poner la mano, sobre mi cabeza, en la puerta trampa, y al levantarla la luz amarillenta me barría el rostro, las facciones tensas, el sueño que me invadía, el cansancio de la trepada; pero ella me esperaba desnuda como una cobra.

La combinación de opio y sexo brutal producía explosiones intermitentes en mi cabeza. Veía capuchones de monjes cayendo sobre mí, armaduras de guerreros fantasmales, murciélagos de pacotilla, gárgolas infladas. Sentía que en la semisombra se desencadenaban figuras atraídas por los gemidos de las penetraciones, pero hubo un momento en que reconocí los objetos de la novela gótica. ¿Ése era entonces el resultado de la combinación? ¿Recuperar en pantallazos el hartazgo de un oficio abandonado y repudiado?

Hasta que me di cuenta de que ese desván era el que había servido años atrás para archivar la utilería usada en las novelas. No eran alucinaciones. Y eso me hizo ver que Alicia no había elegido el cuarto para hacer la comedia de la sierva humillada y postergada sino con un propósito más retorcido. Por lo pronto, debía de haber descubierto la verdad de mi profesión: yo le había dicho que había hecho mi fortuna escribiendo novelas románticas para la colección Suspiros. Tenía que vérmelas con una amante con más recursos de los que había creído.

¿Cuándo había sido que empecé a llevar a ese desván los trastos góticos? Mucho tiempo atrás, desde las primeras novelas, quizás desde el *Otranto* mismo. Una vez terminada la redacción de una novela, su imaginería, además de molestar y afear el ambiente, me deprimía como un recordatorio del nivel mercenario al que había llevado un arte otrora prestigioso (la literatura). No me extrañaba que hubiera elegido ese sitio, el más alejado e inaccesible de la casa, aunque parecía una mala elección dada su exigüidad. Y por lo visto lo había seguido usando con todo el resto de las novelas. Evidentemente, las imágenes se adelgazaban al sacarlas de su contexto, de ahí que hubieran cabido todas. Y todavía quedaba espacio para que esta señora ligeramente excedida de peso pudiera instalarse, para dormir y recibir a su amante, que no era otro que su empleador. Esa capacidad o elasticidad del espacio hablaba a las claras de la cualidad intangible de la materia gótica: daba lo mismo que existiera o no.

El único punto en que las novelas góticas se apartaban de la literalidad infantil del efecto era en el sexo. Yo lo había entendido bien, de entrada, y me cuidé en ese sentido. En mis novelas no hubo una sola escena de sexo, ni siquiera insinuada. Debía ser así, porque todo en sus páginas, de la primera a la última, era metáfora del acto sexual, y no en la inocencia del goce lícito sino en sus formas más oscuras, prohibidas y perversas. El público inculto del género, aunque no estaba para sutilezas literarias, embebía su inconsciente en este erotismo oculto. Yo mismo me embebía, y sin proponérmelo realmente había estado acumulando en el desván los instrumentos de la metáfora, que llegado el momento se volvían juguetes sexuales, cotillón de burdel.

El juego de los cuerpos en la cópula producía figuras por momentos incomprensibles, las posturas que cambiaban todo el tiempo en busca del goce que se ofrecía y se hurtaba al mismo tiempo por los laberintos del sudor y el grito, eran a los ojos formas abstractas en las que se adivinaban zonas tremendamente erógenas como también podían ser paisajes o rostros grotescos, alas de dragones, humo en placas, cubismo, Batman, tortas de cumpleaños. Eran un verdadero test de personalidad, los secretos del hombre se revelaban en las interpretaciones. En mis encuentros nocturnos con Alicia había visto las telarañas tridimensionales, y en un salto a la realidad cobré las treinta monedas de Judas.

Lo que yo deducía en un intelectualismo abusivo la humanidad lo había sabido desde siempre, y había impuesto el tabú del sexo para mantener en las sombras los datos personales con los que se la podía extorsionar. Pero el sexo había sido el secreto de Polichinela, y el chantaje era desde siempre el camino a la individuación.

Como una vertiente, mitad marsopa mitad bacante de entrecasa, dorada por la oscuridad, Alicia saltaba sobre mí desde el pasado. Yo no podía resguardarme adecuadamente de su ardor por la posición incómoda en que me encontraba izándome de la puerta trampa del piso. Me inmovilizaba con una llave de las piernas. Alzaba la vista desde mis órganos y me preguntaba si no la encontraba «dinámica».

−Tan dinámica como un resorte.

No entendía el chiste. O simulaba no entenderlo. O no tenía tiempo para festejarlo. Me arrancaba la ropa al tiempo que rodábamos en el vientre del baúl. Los botones de la camisa saltaban en todas direcciones. Por supuesto que no era el momento de contarlos, pero después, cuando recuperara mi ropa y contara los ojales, vería que eran siete. De más está decir que tampoco era el momento de buscarlos, en los rincones o bajo los muebles; pero habría valido la pena, y estaba seguro de que Alicia se tomaba el trabajo, porque eran de oro. Más pequeños que la más pequeña moneda que hubiera acuñado gobierno alguno, un círculo aplastado con cuatro agujeritos, así se los había mandado a hacer a un orfebre, fundiendo un grueso grano de oro fino que había encontrado en el cine. No se los reclamé. Supuse que los tenía guardados a buen recaudo, como una garantía. Los siete botones de oro serían los protagonistas de una leyenda, en un futuro incalculablemente lejano. Fue por ese motivo que me demoré en el episodio, que en sí carece de la menor importancia.

En esta situación pasamos la extraña semana que me regalaba el perfecto remedio antidepresivo; pudo ser una semana de mil días o de un día, imposible saberlo porque el tiempo no dejaba marcas en nosotros. A cambio de los beneficios, habíamos perdido los mapas internos, los colores vivos de los países, el azul inocente del mar. Vivíamos en las sombras claustrofóbicas de un laberinto que había clausurado sus entradas y salidas. Que la casa fuera grande no hacía más que acentuar la sensación de encierro. Y era grande de verdad, culpa mía. Había querido disponer de una ciudad para mí solo. Sus salas palaciegas, cuando las contemplaba en el presente, me retrotraían a mi época de descubrimiento, cuando *El castillo de Otranto* causó sensación y se agotaban las tiradas. A pedido de los editores que se habían cebado con este festín financiero, produje en rápida sucesión *Los misterios de Udolfo*, *El monje*, *Melmoth*, y las ventas fueron millonarias. En la ebriedad del dinero, no me puse límites en los gastos de mi tren de vida. Y no es que ignorara que el fervor por la novela gótica era una moda pasajera: cualquier manual de historia literaria podía informarme (si acaso yo no lo supiera de antemano) que al torreón oscuro y a las doncellas encerradas en mazmorras subterráneas los remplazaría muy pronto la novela realista: no contenta con remplazarlos, los haría parecer pueriles y ridículos. Pero a la puerilidad de los lectores había que exprimirla hasta la última gota. Además, yo había hecho acopio de ejemplares de las primeras ediciones de todos esos libros, contando que con el tiempo se volverían clásicos, y los coleccionistas pagarían fortunas por ellos. Los tiempos literarios pasan rápido, y la valorización es exponencial. De modo que en la construcción y decoración de mi casa-escenario no escatimé, y poblé de escaleras y vitrales la enorme masa inexpugnable de cemento.

El minimalismo que establecí originalmente como política doméstica, las brillantes geometrías, se fueron al cielo de las esferas y los cubos en desuso desde que me encerré con el opio y mis dos acompañantes obligados. Unos pocos días bastaron. No quiero exagerar, pero quizás fue un solo día. Alicia abandonaba sus tareas tanto como su aliño personal; era culpa mía por haberle dado demasiada confianza. Despeinada, en camisón, miraba los sempiternos teleteatros derrumbada en un sillón. El Ujier por su parte se desdibujaba cada día un poco más, podía llegar a desvanecerse si yo no terminaba a tiempo el opio y recuperaba la llave que lo devolviera a la Antigüedad. La media luz permanente de nuestra inmovilidad neutralizaba las imágenes creando otras percepciones. Como las serpientes que detectan a sus presas por las diferencias de temperatura, así nosotros tres, presos de una fantasmagoría, nos triangulábamos según las variaciones del trayecto del opio en mi organismo. Llegaba a mis terminales nerviosas como postales antiguas. ¡Buenas noches, amigo del alma! Te esperaba. El Ujier salía a mi encuentro. Su vida dependía de la mía.

Pero el caso es que se nos estaban acabando las provisiones. Anticipé sordas negociaciones para decidir quién saldría a comprar algo. Yo me consideraba imposibilitado. El Ujier no conocía el barrio. Quedaba Alicia, pero estaba el riesgo de que una vez que se viera en la calle se tentara de subirse al 126 y volver a su marido, a su vida de antes, de cuyas pequeñas alegrías suburbanas podía sentir nostalgia. Si es que la vida espléndida al lado de un gran escritor que yo le había prometido había terminado por decepcionarla. Pero seguía pendiente mi promesa de llevarla de viaje, al Pensamiento.

Una tarde cualquiera llamaron a la puerta. Era la policía. Al menos así se identificaron, aunque los dos hombres plantados en el mármol estaban de civil. Uno, el que parecía al mando, era negroide, gordo, pelado, severo y experimentado en su traje oscuro de corte excelente. El otro, más chico y peor vestido, tenía cara de italiano y un bigotito bien recortado. Lo único que tenían en común era el tamaño de los zapatos, enormes.

Me helé de terror. Siempre le tuve miedo a la policía, aun cuando no tenía nada que temer de ella. Y en las circunstancias en que me encontraba no había sentimiento más justificado que el miedo. Habían tocado a la puerta de una casa que contenía opio, una adúltera y un Ujier ajeno en vías de desaparición. ¿Qué más necesitaban para condenarme? Había algo peor: explicar cómo era posible que yo, con ingresos de escritor, viviera en una casa de esas dimensiones, con tantas columnas y gárgolas, torres y mansardas. Tratar de explicarles cómo se cobraban los derechos de autor era inútil: es demasiado complicado para la mente roma de la gente común. Si decía que la había heredado, querrían ver los retratos al óleo de mis antepasados, y no había tales. Yo salí de la nada, y estaba dispuesto y más que dispuesto a volver a ella. En ese momento habría emprendido el viaje con gusto. Estaba seguro de que me tomarían por un okupa. Mi aspecto desaseado, los postigos cerrados, todo hablaba de una situación clandestina. Hacía tanto que no hablaba con un extraño que se me agarrotaba la mandíbula.

Para dar la impresión de señorío que pudiera amortiguar sus sospechas, los invité con jerez. No bebían estando de servicio. Me sonó a cliché aprendido de la televisión.

—¿Ni siquiera agua? —pregunté cortésmente.

—El gallito que es nuestro emblema anuncia el día.

Supuse que quería decir que bebían de noche.

Ante todo, se presentaron: el comisario Tarántula y su fiel asistente Procopio. Me sonaban conocidos, como si hubiera leído sus aventuras en libros infantiles ilustrados: los colores brillantes bailoteaban ante mis ojos. Pero eso no significaba nada especial porque los colores brillantes siempre estaban bailoteando ante mis ojos, o dentro de ellos.

Sentados los tres en los sillones modernistas que el tiempo había inflado, expusieron al fin su misión. No tenía nada que ver con las alarmistas predicciones que yo había elucubrado. Mi alivio tuvo un declarado efecto físico. Fue como si me sacaran una ceñida camiseta de plomo. ¡No era a mí al que buscaban! No quise oír más. Engullí el jerez con una lente de aumento. Me revolvía en el asiento.

A poco, empero, lo que decían empezó a filtrarse en mis tajadas de seso. No era tan cierto que lo que los traía a mi casa no tuviera nada que ver conmigo. No podía ser así. Por algo me habían venido a visitar a mí, y no al vecino. Lo habían hecho para que los ayudara a comprender.

—¿A comprender qué?

—Pero ¿cómo es posible que justamente usted pregunte eso?

¿Y qué iba a preguntar? Si yo nunca comprendí nada.

—Estoy muy desinformado. He tenido unos achaques de salud, no me llegan las revistas a las que estoy suscripto, parece como si el cartero me evitara por venganza.

No sabía qué excusa dar. Pero no eran necesarias. Tarántula me disculpó sin más: estaba acostumbrado. Por su profesión él estaba enterado de todo lo que pasaba en la ciudad, y la experiencia le había enseñado a medir la abismal desinformación de los ciudadanos de cuya seguridad se ocupaba. También había aprendido a comprender y perdonar: el hombre de la calle tenía demasiado con sus propios asuntos como para interesarse en los ajenos. Procedió a ponerme en autos. Una banda de malvivientes estaba sembrando el terror en los barrios del Oeste: Flores, Floresta, Villa Luro, Mataderos.

¿Y yo qué tenía que ver?

La respuesta me retrotrajo a mis épocas de escritor, que ya me parecían tan lejanas a pesar de que apenas una semana atrás todavía estaba preocupándome por las configuraciones lingüísticas que resultaban del clinamen de las letras. La sensación de distancia podía deberse a la gravitación del vacío que producía no escribir.

Pero el comisario no sabía nada de esto. Para él yo seguía siendo el famoso escritor cuya foto había visto en el *Clarín* cuando lo hojeaba en busca de las páginas de fútbol. Aunque, como lo demostró la misión que lo traía a mi casa, sabía algo más de mi trayectoria. Pues la pandilla de marras estaba actuando con los elementos propios de la novela gótica. Y como yo era el máximo representante del género, venía a pedir asesoramiento. Eso era todo. Respiré aliviado. Casi casi estuve tentado de sonreír. No habría podido hacerlo aunque hubiera cedido a la tentación, porque los músculos correspondientes en mi cara habían dejado de funcionar. No sólo ellos: toda la musculatura estriada en mi cuerpo se había anulado, dejándome a merced de la lisa, como los animales lánguidos. Procopio había sacado una libretita y se disponía a tomar notas. Los ojos de Tarántula me horadaban.

El alivio me volvió locuaz. Por efecto de la intoxicación arrastraba las palabras, no sabía si me hacía entender, creía estar hablando en una lengua extranjera. Por suerte no necesitaba pensar porque el tema lo tenía muy presente, lo sabía de memoria, tantas veces había tenido que explicarme y justificarme ante lectores, críticos, editores, y ante mí mismo, es decir ante los padres interiorizados con los que todos tenemos que cargar: ellos habrían preferido que su hijo inteligente y prometedor, el hijo que fue el primero en muchas generaciones de la familia que tenía el privilegio de asistir a la universidad, eligiera cualquier otro género literario antes que el gótico. Y eso porque se habían resignado a que mi devoradora pasión literaria me cerrara los caminos más honorables, de la abogacía o la medicina. La vindicación de lo gótico había sido un estribillo obligado que me acompañó toda mi vida laboral. Aun después de que el éxito de verdaderos best sellers como *Los misterios de Udolpho* o *El monje* hicieran innecesario defenderlos, tuve que seguir dando explicaciones, cuando podría haberme quedado callado y haber dejado que los hechos (las ventas) hablaran por mí. Poco más y podía pensar que lo hacía porque me gustaba. O que escribía novelas góticas sólo para poder polemizar con los que las denostaban. No era tan así. O había una pizca de eso, mezclada con la genuina necesidad que tiene la novela popular de generar la teoría que la sustente.

Pero por supuesto Tarántula no había leído mis artículos, ni los de otros autores que habían tocado el tema, de modo que yo no tuve ningún escrúpulo en repetirme. Le hice una somera introducción: los viejos castillos a los que ni se acercaban los campesinos de la región, creyentes en supersticiones que resultaban no ser tales, la leyenda de una antigua maldición, los viajeros que una noche de tormenta se metían en la boca del lobo, el consabido fantasma, los pasadizos secretos, el perverso aristócrata fin de raza que podía actuar con impunidad amparado por las leyes inicuas del régimen feudal; y en el centro la doncella desamparada que caía en medio de toda esa máquina infernal. Cargué las tintas para dejar en claro el absurdo pueril y estereotipado del género. Eso el comisario lo captó bien, tanto que cortó mi discurso para hacerme una pregunta.

—¿Cómo es posible que usted haya dedicado su carrera a algo que describe en términos tan negativos?

No puedo decir que esperara la pregunta, porque la verdad es que no la esperaba. Pero también es verdad que me había pasado la vida esperándola. Nadie me la había hecho nunca. Había dos respuestas, una larga, la otra corta. Opté por la segunda, a sabiendas de que insensiblemente me llevaría a la primera.

—Lo hice por la plata. Con la buena literatura me habría muerto de hambre, además de no tener ninguna garantía de que fuera a salirme buena de veras. Lo más probable es que habría terminado haciendo unos bodrios meramente pretenciosos.

Había gente que no podía creer tal cosa. Un mecanismo mental muy difundido impedía creer que alguien pudiera rendirse de tal modo al poder del dinero. Tarántula era y no era uno de ésos. Su profesión lo había hecho ver de cerca todo lo que en la sociedad humana podía hacerse por plata. Pero desde que los ricos también cometían crímenes, había que concluir que las pasiones podían hacer olvidar la ganancia. Por deformación profesional, me tomó al pie de la letra.

—Podría haber jurado que escribir novelas no era el medio más expeditivo de hacer dinero. Pero por lo visto… —aquí lanzó una mirada expresiva en dirección a la enfilada de salones lujosamente amueblados— no le fue mal. Cosa que, no voy a mentirle, me intriga. Esas novelas que usted me describió con sorna son necesariamente una lectura especializada, lo que limita su público. Y encima hay tan poca gente que lee…

—Mire, Tarántula, la clave para que un libro rinda es que venda mucho en poco tiempo. Estas novelas góticas vendieron mucho pero a lo largo de siglos. La idea por la que yo he sido celebrado fue escribirlas ahora, en el presente candente, y cobrar por las cuantiosas ventas producidas en el pasado.

—Ya veo. Pero sigo pensando que a la larga tuvo que empezar a apreciar lo que hacía. Su pose desdeñosa e irónica tiene que ser eso nada más, una pose. Nadie que ha hecho algo durante tanto tiempo puede evitar comprometerse con lo que hace, el trabajo siempre termina venciendo las resistencias cerebrales.

—No le negaré que he encontrado en el trabajo algunas satisfacciones privadas, que en todo caso quedaron en secreto, pero no tuve tiempo de gozarlas. El manejo del anacronismo es muy exigente.

Puse fin a la conversación preliminar.

—Como sea, comisario, usted no vino aquí a hablar de literatura.

—Todo sirve para hacer frente a una situación delicada, sin antecedentes claros que dicten un procedimiento.

—Yo que usted no me preocuparía. A la novela gótica nadie se la tomó nunca en serio. Fue una moda como cualquier otra, y una moda de evasión, sin más contacto con la realidad que el de la metáfora. Le aseguro que no representa una amenaza real.

Así seguí un rato. De pronto se me había hecho urgente convencerlo de la banalidad del asunto. Exprimí las hebras de lucidez de las que podía disponer en ese momento. Mis argumentos eran buenos, creo, los tenía bien ensayados. Mientras hablaba miraba de reojo al sargento Procopio, que no se perdía palabra y las trasladaba a su anotador.

—¿Y si no fueran desprendimientos de la novela gótica propiamente dicha, sino esos jóvenes que se hacen llamar góticos porque se visten de negro, con cadenas y borceguíes?

Sembré adrede la semilla de la duda. Como se ve, no me privé de nada. Después me quedé callado, marchito, valetudinario, cabeceando en mi sillón, la vera imagen del escritor retirado. La idea era sacármelos de encima, pero el estado lamentable que exhibía no tenía que simularlo. Estaba exhausto. No sólo por tener que hablar en forma coherente delante de un representante de la ley, lo que ya es bastante cansador. Lo peor era salir del interior de la novela gótica y verla desde afuera. La distancia a recorrer para hacerlo era enorme, como ir de Buenos Aires a Rosario a pie.

Al fin se marcharon. El Ujier y Alicia salieron de sus escondites y me rodearon. Por un momento vacilé en abrirme a ellos, pero recapacité. Seguro que habían estado escuchando atrás de una puerta. Además, los necesitaría, si pensaba tomar cartas en el asunto, y no veía qué otra cosa podía hacer. El futuro de la ciudad estaba en juego. La poca información que me habían traído los dos policías me bastaba para saber lo que estaba pasando. Mis redactores, al quedarse sin trabajo, se habían organizado en novela gótica en vivo y estaban sembrando el terror en los barrios del Oeste.

Alicia, la mujer de las opiniones y soluciones, me preguntó por qué no se lo había dicho a los policías. Sin esperar respuesta, se puso a darme lecciones y hacerme reproches. La policía, dijo, tenía espías en todas partes y no les llevaría ni un día atrapar a esos delincuentes si yo les daba sus identidades. Y ocultarles la información podía ser peligroso para mí, y de rebote para ella (eso era lo único que le preocupaba) porque si descubrían la conexión me tomarían por cómplice.

Cuando pude meter un bocadillo le dije que debía intervenir justamente para que no se descubriera la conexión. Los finos hilos que habían movido a esas marionetas habían quedado colgando de mi cabeza, envolviéndome como babas del diablo o restos de una telaraña atravesada por los pericos de fuego. Debía anudarlos, uno a uno, no dejar ninguno suelto. (Usaba estas tiradas metafóricas improvisadas como un solo de jazz para hacerla callar.) Por otro lado, a la policía no le iba a resultar tan fácil como ella creía. Sus espías no tenían acceso al pasado, eran fabricaciones de un presente sin profundidad. Si la policía intervenía no haría más que entorpecerme. Necesitaba esa clase de soledad que habilitaba para ejecutar hazañas y disimular errores.

–¿Cómo lo harás?

–Tengo que pensarlo.

Pero ¿cómo? El consumo del opio me había achicharrado el cerebro de un modo que nunca habría creído que podía hacerse. Está de más decir que yo siempre había tenido una fe ciega en mi entendimiento. ¿Quién no? En eso me parecía a todos. Había tenido buenos motivos para confiar, porque el pensamiento nunca me había traicionado. No lo haría en este trance tampoco; el problema era que estaba lesionado, en muletas, se aferraba a las tautologías para no hundirse en el mar del desconocimiento. En ese estado lamentable se me presentaba un desafío de proporciones, una verdadera aventura del espíritu.

Más que eso: la aventura para ser tal me exigiría una destacada prestación física. Y en ese plano el deterioro que me había producido el opio era formidable. La edad ya venía haciendo de las suyas desde antes; la droga atacó los tendones, cortó los hilos que les mantenían en su lugar; me llenó los ojos de lágrimas y los hizo ver todo a través de un velo salino. ¿En ese estado tendría que saltar muros, correr por los techos, sortear los rayos láser de vigilancia? Sí, tendría que hacerlo. No había otro que pudiera, y eso que me hacía único me daría la fuerza y los recursos. Además, tenía ventajas adicionales. Lo mismo que me volvía una marioneta expresionista, o un practicante de la danza Butoh descontextualizada, por otro lado me daba la carga de alucinación con la que dominar a las vestales de la noche y torcer las leyes naturales. Mi complejo psicofísico era un garbanzo de oro flotante en las tinieblas.

Confiaba en no tener que hacerlo todo solo. Bien manejados, el Ujier y Alicia podían ser de alguna utilidad. Tendría que darles tareas fáciles, con instrucciones claras, y exigirles de acuerdo a sus capacidades, haciendo uso de una psicología en blanco y negro. Por lo pronto, me preguntaba cómo reaccionarían al primer y supremo desafío, que consistía en salir de la casa. Me preguntaba cómo reaccionaría yo. Ese cascarón protector, castillo inexpugnable que nos daba seguridad y abrigo, tendríamos que dejárselo a las sombras. Afuera reinaban la inseguridad, la inflación, las huelgas promovidas por un sindicalismo agresivo, la lucha por la supervivencia. Si queríamos combatir el Mal, tarde o temprano tendríamos que hacerle frente a la realidad.

El encierro en la casa, aunque breve, en días había tenido una intensidad de siglos. La alteración que sufría mi organismo por efecto del opio hacía que se descargaran toneladas de eternidad sobre mí, como grandes proteínas pasivas. Dejé de percibir la cara de los relojes. Había impuesto la oscuridad interior para proteger mis retinas sensibilizadas. Me extraviaba en los pasadizos. Abría y cerraba las compuertas de lotos, pasaba esas noches discontinuas en sillones que permanecían indiferentes a mis posturas. Sabía que Alicia y el Ujier conspiraban contra mí encerrados en la cocina. Era un clásico de la relación del patrón y su servidumbre. Me sentía un perseguido inmóvil; la única seguridad consistía en seguir exactamente donde estaba, seguir resistiendo al tiempo en mi fortaleza. Pero el curso de los hechos me obligaba a extraerme del nácar y afrontar la intemperie. Si había una amenaza gótica cerniéndose sobre los humildes barrios del Oeste, yo era el único que podía hacerle frente, no porque me importara la vida de mis congéneres, sino por el destino manifiesto de la subliteratura.

Salir a la calle, caminar entre mis semejantes, siempre tuvo para mí el suspenso y el riesgo de un experimento con una sustancia peligrosa: lo humano. El resultado era imprevisible. Mejor dicho, no había resultado: los datos se estrellaban contra mi incomprensión total y definitiva. ¿Quiénes eran esos seres que me rodeaban? ¿Adónde iban? No había dirección que no tomaran, como si todos los sitios fueran igualmente productivos para sus fines. De ahí que se apuraran tanto. No había trabajo o preocupación que no los moviera. No parecían dudar, iban decididos. Y cuando se detenían lo hacían con más decisión todavía. Yo me pasmaba ante su misterio. Hay quienes se pasan la vida buscando el misterio; como se ve, yo no tenía que ir muy lejos para encontrarlo. Dudaba de la realidad de lo que estaba viendo, sobre todo porque sentía que era el único que dudaba. Quizás porque no tenía otra cosa que hacer. Los demás, con sus ocupaciones y trabajos pinchaban la realidad en su lugar y la habitaban seguros de su derecho a hacerlo. Mis perplejidades se debían a que no tenía nada que hacer ni en qué pensar. De las cuestiones domésticas se ocupaban mis empleadas, y la labor a la que debía mi fama y fortuna la realizaban los jóvenes escribas que tenía a sueldo. Yo por principio me abstenía de escribir una sola palabra. Cuando el ocio generaba una presión excesiva sobre mis nervios, me precipitaba a la calle, y allí los contemplaba, a los organismos en marcha, los provistos de pies, manos, cabeza, peso, movimiento. No aguantaba mucho; volvía a casa, me hundía en un sillón, trataba de ordenar los pensamientos, me lo impedían dudas punzantes: ¿era de verdad lo que había visto? ¿Podía ser de verdad, ese carnaval? Se apoderaba de mí una terrible urgencia de comprobarlo, y volvía a la calle, volvía al pasmo, tenía que ahogar los sollozos. Junto con la inquietud y el desasosiego había un goce electrizante. Pero me estaba matando. El opio me asacó de esas alternancias.

Había llegado la hora de volver a salir a la calle, a combatir a los advenedizos que hacían estragos con el instrumental del género gótico. Después de tanta vida mental, emergía a la realidad, no sólo a contemplarla sino a restaurarla. Mirando atrás, empezaba a comprender la intensa simetría que adoptaban los hechos: todo había empezado con la desocupación, el tedio de una vida sin objeto después de dar por terminada mi carrera de autor de novelas góticas. Ese deplorable estado de ánimo y el vacío que se abría ante mí me llevaron al opio, a curar las melancolías de la Nada con las pagodas coloridas del Todo. Como ya no los necesitaba, despedí a mis escribas. Éstos, libres de mi tutela, crearon una organización clandestina para sabotear la realidad con los elementos de la novela gótica que habían escrito para mí. Y sin quererlo, me daban la ocupación y la razón de ser que yo había buscado en vano cuando di por terminado el ciclo de esas mismas novelas que ahora amenazaban la realidad.

Creo que en este memorial quedó un hueco, que me apuro a llenar aquí aunque no viene a cuento; después, con la precipitación de los hechos que siempre acompaña a los desenlaces, podría olvidarme. El hueco al que me refiero es la respuesta a este interrogante: ¿por qué dejé de escribir? No parece una decisión razonable, habida cuenta de los puestos exaltados que alcanzaban mis novelas en las listas de best sellers, los torrentes de dinero que me producían y el poco trabajo que me daban, ya que las hacía escribir por mis amanuenses. La causa fue muy simple, y se resistió tanto a mi codicia como a mis capacidades profesionales: ya había escrito todas las novelas góticas que había en el canon del género: *El castillo de Otranto* de Walpole, *El monje* de Lewis, *Los misterios de Udolpho* de Mrs. Radcliffe, *Melmoth* de Maturin. Lo había estirado un poco con algunas obras de segunda línea, como *The Italian* o *Gaston de Blondeville*. Pero no daba para más. Tendría que esperar otros doscientos años para volver a ordeñar a esa vaca lechera. El catálogo se había agotado. Mis ganas, con una puntualidad digna de mejor causa, también.

Volviendo al círculo de mi desocupación, que se cerraba con un nuevo viejo trabajo por hacer y la promesa de una aventura: el momento me encontraba en las condiciones menos apropiadas. El opio me había obnubilado el pensamiento, mis extremidades se desplazaban como nubes en el cielo, me volvía gaseoso, lento, y no había que descartar la posibilidad de que empezara a tener alucinaciones, si no es que las tenía ya. Por ejemplo, y sin ir más lejos, la realidad de la visita del comisario Tarántula y su asistente Procopio me despertaba desconfianza. Por ciertas conversaciones que creí oír provenientes de la cocina, donde se encerraban el Ujier y Alicia a planificar la guerra sorda que me hacían (yo ponía la oreja en el hueco del montacargas del comedor), sospeché que habían sido ellos dos, disfrazados, los que se habían hecho pasar por los visitantes. No los había visto juntos a los cuatro; cuando aparecían dos, desaparecían los otros dos. Si bien no los creía capaces de una maniobra tan sofisticada, podía estar subestimándolos, con característica jactancia de escritor. Además, la demolición de mis facultades mentales podía haberme hecho presa fácil de un engaño.

Pero ¿qué motivo podían haber tenido para esa mascarada? Me convencía más y más de que había sido una mascarada, todo los delataba: esos nombres ridículos, el calzado de payaso con el que habían querido representar los pies planos de los policías… La intención era hacerme salir de la casa y cerrar la puerta para quedar ellos dos como dueños y señores. Si era así, menuda sorpresa se llevarían. Los llevaría conmigo. Y si habían creído que me ponían tras la pista de una amenaza inexistente, también se equivocaban. Porque a esta altura lo real y lo irreal ya eran lo mismo para mí. Creían engañarme, pero me señalaban el camino de la acción. Y ellos dos me podían servir, como apéndices: estaban en buen estado físico, alertas gracias a la abstinencia, y, lo más importante, yo no tendría ningún inconveniente ni me generaría la menor culpa mandarlos al frente en misiones suicidas. Sobre todo porque dadas las premisas todas las misiones serían suicidas. Sus virtudes eran diferentes, derivadas de sus distintos orígenes. Alicia venía del légamo de la vida popular donde la gente se las arreglaba sin ayuda; el Ujier traía los modos antiguos, en los que se encendía fuego frotando un palito y se comía lo que se cazaba; dentro de la casa, tecnificada y bien provista, esos modos los volvían fantasmas, pero una vez que estuviéramos afuera podían ser de la mayor utilidad.

Sin proponérmelo los había atado a mí. Alicia había quemado las naves al abandonar a su familia sin más excusa que pagar una deuda de amor de juventud conmigo; no podía volver a su casa, donde no la aceptarían y quizás, tomando en cuenta la intensa movilidad sexual en las clases bajas, ya la habían remplazado. El Ujier tampoco tenía adónde volver, en tanto yo no acabara el bloque de opio y rescatara de su centro la llave que abriera la puerta de la Antigüedad. En suma, los dos me necesitaban y harían todo lo que les ordenara, y más, si se trataba de protegerme y preservarme.

Debía salir a combatir la amenaza que pesaba sobre la ciudad. Sólo yo sabía de qué se trataba y cómo neutralizar el peligro. Además, era mi responsabilidad; sin quererlo, sólo por la fuerza de los hechos que me habían transportado como una alfombra voladora de las catacumbas, yo había puesto, en los intersticios del tejido celular de la urbe, la semilla del mal. Sólo yo sabía cuánto tardaba en germinar, cuál era el grado de flexibilidad de sus tentáculos, cuál su grado de resistencia a la oxidación. Debía aplicar mis agujas y lanzar mis turquesas. En el proceso (y sólo durante el desarrollo del combate, no valían preparaciones ni borradores) debía averiguar si la amenaza era real o era una fantasmagoría más, una de esas ficciones que nunca supe inventar y sin embargo se inventaban en mí y me conducían casi siempre al ridículo, como cuando estaba, muerto de aprensión, en el sillón del dentista, que se me acercaba con el barbijo y un taladro de acero en la mano, y a último momento había un «plop» de desaparición y un «¡Era mentira! ¡Te lo creíste!» y risas, risas interminables. ¿Tenía o no tenía motivos para reprocharme la bestial credulidad que una vez más me hacía caer en la trampa?

Pero si estaba dentro de la realidad, ¿podría hacerlo? ¿Me darían las fuerzas, el valor, la decisión (que siempre me había faltado)? ¿No se interpondrían los poderes cósmicos del universo para impedírmelo, desperdiciando su grandeza que movía los astros en un individuo con problemas para pasar a la acción? No, no habría ningún desperdicio porque las mayores fuerzas del universo, sin ir más lejos la mayor de todas, la gravedad, estaban para eso, para causar los menores accidentes, como cuando a la costurera se le caía el dedal. Claro que también podía ser fácil; no lo sabía; no sabía nada. Pero ya había aprendido a desconfiar de lo fácil, que se encerraba empecinadamente en el campo de la fantasía, mientras que si yo aspiraba a un mínimo de resultado tenía que operar en el campo de lo real, donde todo es difícil. Además, la acción tenía por característica definitoria no terminar nunca; una cosa llevaba a otra, y era de nunca acabar.

Todo lo cual correspondía a la acción aplicada a los hechos y los objetos. Y yo me había propuesto realizar, como culminación de mi carrera, una actividad sobre nada.

Los relojes dieron las doce. Salí armado hasta los dientes de pensamientos. Me recibieron las tinieblas. La puerta se cerró a mi espalda. Di un paso sin ver. No había dado el segundo paso cuando ya tropezaba con alguien, un bulto oscuro que se movía: un hombre. Un brillo gris se desprendía de su zona media; comprendí que era una masa de papel sobre el que se había aplicado tinta recientemente; y de ahí se deducía la identidad del sujeto y su presencia en la calle a esa hora: era el repartidor del *Clarín*. Pero ¿no era demasiado temprano para que el diario ya estuviera impreso? Se despertaban en mí viejas sospechas sobre la realidad de las noticias. Si a los diarios los imprimían antes de que pasaran las historias, éstas perdían credibilidad. Algo había oído de esas críticas; estaban en el aire.

Si mis sospechas estaban fundadas el repartidor tenía que ser cómplice de la superchería, así que extremé la prudencia aproximando el tema a la materia oscura, de modo indirecto:

—¿No es un poco temprano para el reparto?

—No, ya no es tan temprano. Al contrario, estoy retrasado.

—Pero ¿no es la medianoche?

—No, eso fue hace mucho.

—El tiempo se ha detenido entonces.

Creo que lo estoy contando mal porque el que dijo «el tiempo se ha detenido» fue el diariero. ¿Querría decir que las noticias del diario eran todos los días las mismas?

Pero no debía de tener tanto apuro porque inició una serie de explicaciones sobre la oscuridad, que en efecto, fuera la hora que fuera, parecía excesiva. Era como si se interesara en mí, en aclararme las tinieblas; al no verle la cara, esa actitud me asustaba.

—La oscuridad se produce por la conjunción de la hora y la estación. Pero hoy hay otro motivo.

En el caso de que esto también lo hubiera dicho él, paré la oreja. Podía estar ante la primera pista que me llevara a mi presa. Pregunté con cautela cuál podía ser ese motivo.

—¿Y cuál va a ser? —exclamó con la indignación cívica aprendida de los diálogos de barrio que mantenía con los vecinos—. Un corte de luz que afecta a un vasto sector del Oeste de la ciudad.

—Ah. Era eso —dije, con la decepción de que se tratara de un accidente tan corriente cuando había esperado algo sobrenatural.

El hombre seguía:

—La política energética de este gobierno así como la de los que lo precedieron, ha sido torpe y miope. La imprevisión, sumada a la improvisación (que se le parece tanto), nos llevaron a un déficit de sustentabilidad de luz.

Los clichés con los que enhebraba malamente su discurso me hicieron pensar que lo había aprendido de memoria; en tal caso, alguien había esperado mi salida. Este repartidor de diarios de medianoche ya había sido sospechoso de entrada. Traté de escapar, de salir corriendo aun a riesgo de chocar con la utilería invisible. Pero no pude. El espacio se había reducido. Oí unos soplidos apurados, y entendí o creí entender que ese hombre o perro que se había hecho pasar por repartidor de diarios estaba inflando el globo en el que me había metido. Por un momento tuve angustia. Me serené y tanteé el picaporte. Me había pasado lo que ya otras veces: había creído salir de la casa y en realidad no había hecho más que cambiar de cuarto. El contraste de interior y exterior se perdía en la oscuridad uniforme. Si le sumaba al Ujier practicando una de sus mascaradas, la situación quedaba expuesta.

Los cortes de luz eran reales. Daba fe de ello la indignación de los vecinos, que habían cortado la calle con fogatas y ruidos desacompasados. Convencidos de que la razón los asistía, habían bailado y cantado como en una fiesta; a la larga no pudieron dejar de notar que la alegría había contaminado la protesta, y se fueron a sus casas. Y allí, en la intimidad, se habían encendido otras luces, las pequeñas luces independientes de la red, las luces de cada uno, que no se compartían.

Yo no tenía contra quien protestar. Contra mí mismo en todo caso. De no haber tenido al Estado, que era una pantalla más que conveniente, los vecinos se habrían alzado contra mí, como los campesinos de antaño se sublevaban contra el señor del castillo. Mi casa había invadido el vecindario, se había comido los cables que llevaban los flujos a los hogares.

Pocos sabían cuánto costaban las sombras. Yo había invertido en ellas. Aun sin creer en el género gótico (la ironía había estado en el origen de mi profesión) lo había practicado lo suficiente como para adquirir cierta destreza en el manejo de la oscuridad.

Podía ser sabotaje. Bastaba con cortar un cable de alta tensión, o llenar de arena una cámara distribuidora. Nadie sospecharía de una acción dolosa, estaban demasiado acostumbrados a echarle la culpa al gobierno. Deberían culparme a mí, por intermedio de los siete escribientes que yo había entrenado en el género. La novela gótica medraba en la oscuridad, en las visiones que la oscuridad propiciaba, en lo que se veía cuando no se lo veía. Desde que yo había cambiado el negro gótico por el blanco del opio las visiones habían mutado. La narración coherente se había diluido, deliciosamente, en un mar, en un verdadero mar. Estaba aprendiendo sobre la marcha. Tomé nota de un detalle importante: el escenario convencional, el viejo castillo con sus pasadizos secretos y mazmorras con argollas de hierro colgando de la piedra de las paredes se adaptaba mal a la pujante ciudad sudamericana en la que desarrollaba mi actividad. No bastaba con oscurecer. El anacronismo sólo funcionaba en su formulación desnuda. Si se pretendía desarrollarlo se producían derrumbes y filtraciones por todos lados.

Como sea, las tinieblas ya se habían producido. Y me convenía apurarme antes de que el Ujier descartara el personaje de repartidor de diarios y llegara al sótano S3 donde estaba la térmica y repusiera la iluminación.

El segundo elemento era doble, un Jano de energías complementarias: por un lado el cruel proveedor de iniquidades, papel que asumía yo. Por otro, la doncella perseguida y atormentada.

Puse manos a la obra. Volverme un cruel opresor de doncellas desamparadas no estaba en mi naturaleza, pero si ponía empeño podía hacerlo. Después de todo, la crueldad estaba en mí como en una figura de seis lados estaba el hexágono. Sólo tenía que apuntarla en la dirección correcta y tomaría forma por sí sola. Me beneficiaba el hecho de que había dejado de escribir. Era como dejar de ser un elefante y volverse una mosca, ágil, veloz, capaz de meterse en el menor agujero tanto como de elevarse más allá de las nubes. Eso también había estado latente en mí, preservado gracias a dos precauciones que había tomado de modo intuitivo: la primera era dejarle la tarea de escribir a mis jóvenes secretarios; la segunda, haber mantenido a todo el mundo en la ignorancia de que la novela era un género superado, un entretenimiento emocional del pasado que ya había adoptado otros formatos.

Pero la teoría era secundaria. En los actos vanguardistas la práctica era lo que importaba, y en la práctica mi baza ganadora era la doncella desamparada. Era el centro y motor inmóvil de la novela gótica. Su apasionada pasividad hacía que todo girase alrededor de ella. Obligaba a todos a sacar a la superficie la crueldad y ponerla a actuar en argumentos complicados y muy comprometedores. Y yo la tenía. Me había reservado a Alicia, la tenía a buen recaudo. Y podía usarla sin escrúpulos en ese papel porque tenía para ofrecerle el don supremo: la garantía de supervivencia. La vida de todos los demás personajes, la mía entre ellas, estaba en entredicho; la de ella estaba asegurada, no por compasión del autor sino porque la acción la seguía a ella, su suerte constituía todo el suspenso disponible, el miserable suspenso del folletín populista, y si ella desaparecía la novela se terminaba. La novela era su historia, y ella era una historia.

Por un lado esto le resultaba muy conveniente, por otro lado era muy malo. Porque su persistencia en la novela se sustentaba en sus ansiedades y terrores, que eran constantes salvo unos breves interludios de calma, cuando creía, siempre engañada, que la garra de su opresor aflojaba la presión. Pagaba la prolongación del aliento vital con lo peor de dos mundos: con la melancolía de la irrealidad de saberse un personaje de ficción, sólo útil para seguir llenando páginas; y, por otro lado, con la continua zozobra y la tortura mental, porque los terrores que sufría, a diferencia de ella, sí eran reales.

Pero ¿cómo aterrorizarla? Ahí las circunstancias no me favorecían. La víctima canónica de la literatura gótica era la doncella ignorante del mundo y de la crueldad de los hombres, criada sobre algodones en el cariño de su vieja aya y su padre viudo, melindrosa, toda rubor y lagrimitas, de las que se desmayan al ver una gota de sangre. Alicia estaba en el polo opuesto de ese paradigma: aguerrida mujer madura de Villa Luro, ya había pasado por las manos de un marido durante largos años, lo que es mucho decir. Estaba moldeada en el realismo más crudo y sarcástico.

Segunda circunstancia en contra: el ambiente, la atmósfera. Con un oportuno corte de luz no bastaba. El escenario disponible dejaba mucho que desear. En los prosaicos barrios del Oeste porteño, gastados por un periodismo atado a los hechos, sin vuelo, no iba a encontrar peligros más sobrenaturales que un colectivo pasándose un semáforo en rojo, o un motochorro.

Y tercera: yo. A fuer de sincero debía confesarme que no tenía pasta de villano amedrentador. ¿O sí? Uno nunca puede estar seguro, tratándose de uno mismo. Solapado me sabía. Hombre de secretos, con dobles y triples vidas en las que buscaba impunidades sin objeto. Me sabía culpable, había nacido marcado, pero me habrían puesto en aprietos si me pedían que contara la historia de mis crímenes. Todo se reabsorbía en mí, como un vór-

tice de goma negra que chasqueaba con un ruido húme-
do, y el hecho en cuestión salía disparado al cosmos del
pasado.

El pasado era el escondite favorito de la víctima, pero
había muchos pasados, y uno más próximo podía servirme igual. Podía estar al alcance de la mano. Aun así no
debía bajar la guardia, la presa se escurría por los pliegues
de la extrema complicación de la trama, necesaria para
llenar tantas páginas como exigía el público lector. Yo
me proponía lograr por el contrario una extrema con-
centración, sin descuidar ninguno de los elementos que
hacían a lo gótico. No necesitaba ir al mundo desconocido de la infancia. Sólo debía retroceder hasta mi juventud, cuando ya era básicamente el mismo que soy ahora.

La conocí a Alicia en mi época de estudiante, en la facultad de Ingeniería. Era una chica de aspecto insignificante, apocada, más joven que el resto de sus compañeros, de hecho era la más joven en todas las clases a las que asistía; parecía una colegiala infiltrada acompañando a un hermano mayor. La puse en la mira, me atrajo irresistiblemente, más que otras más lindas y accesibles, porque con ella podría hacer lo que quisiera. Aunque no sería tan fácil. Si estaba ahí siendo tan joven era porque había terminado el colegio dos o tres años antes que sus condiscípulos, y eso significaba que era inteligente. Más que eso, pintaba para genio. Mi mente no estaba a su altura, ella llevaba todas las de ganar en ese aspecto; paradójicamente, su superioridad favorecía mis planes de dominio, ya que las mentes brillantes, que despliegan sus alas en el vuelo majestuoso de las ideas, tropiezan y se paralizan en los senderos pedregosos de la vida práctica, y las más de las veces quedan a merced de los brutos.

Otra ventaja con la que podía contar era la diferencia de nuestras respectivas actitudes ante el estudio. Ella estudiaba en serio, por una decidida vocación y con un empeño admirable. La comprendía bien porque, igual que yo, era la primera universitaria en la familia, la promesa de llegada en la épica del ascenso social iniciada con abuelos inmigrantes, destripaterrones con vástagos dependientes de comercio, y un horizonte profesional a lo lejos. A esta circunstancia ella la tomaba por el derecho, yo por el revés: simulaba estudiar, aprovechando la ilusión de mis padres para que siguieran manteniéndome, y manteniendo ellos la esperanza de tener un hijo diplomado en una profesión liberal. En mi descargo debo decir que yo también tenía una vocación, aunque no era la Ingeniería. Mi sueño era ser escritor, y mis gustos e inclinaciones coincidían todos en esa dirección. Pero eso mis padres no lo entenderían, por lo que no me molesté siquiera en tratar de ponerme en claro con ellos. La mentira simplificaba las cosas. Mi propósito era ganar tiempo, hasta estar en condiciones de escribir un libro y dejar atrás la farsa. Ellos estaban contentos, acariciaban la esperanza de tener un hijo que construyera puentes y calculara la tensión de los rascacielos que por esa época empezaban a levantarse en Buenos Aires. Yo les acercaba noticias tan alentadoras como falsas de exámenes superados con buenas notas, les repetía, inventándolos, conceptuosos reportes de mis profesores. La carrera de Ingeniería no la había elegido al azar, aunque podría haber sido cualquier otra; por un lado, era la más larga que ofrecía la universidad; por otro, era la más alejada de mis intereses, con lo que me aseguraba de que no me atrajera; conociendo lo universal de mi curiosidad, típica de escritor, en otras disciplinas corría el riesgo de hacer que el simulacro se volviera realidad; una frase que se introdujera en mis oídos cuando dormitaba en una clase podía despertar una chispa de deseo de saber más, y en el incendio mental consiguiente podía terminar médico o abogado. Con la Ingeniería no había peligro. Así protegía la integridad sin fisuras de mi porvenir de escritor.

Pero la espera, lo sabía, sería larga. Un escritor no se hace de un día para el otro. Es un proceso tan largo que varias vidas sucesivas no terminan de consumarlo. Mundos completos de experiencia deben acumularse en la memoria y el olvido antes de que uno pueda atreverse a poner una palabra en la página. Y antes todavía debe madurar la voluntad de sentarse frente a esa página, haciendo acopio de valor y confianza; hay que llegar a creerse escritor. Todo lo cual no es más que el comienzo, porque una vez que la autoestima hace su trabajo y la experiencia concluye su última lección, todavía queda lo más difícil: saber qué escribir. Mis gustos de lector no eran una buena guía. La temática, debería buscarla como una aguja en un pajar. Y si la encontraba, saber qué hacer con ella era la máxima incógnita, de las que se revelan un instante antes de la muerte. Los distintos géneros se abrían ante mí como un colorido abanico en cuyo vértice residía un dios velado: el talento. La literatura en sí no me importaba gran cosa. Pero de un modo u otro tendría que vérmelas con ella si quería ser escritor. Y no había cosa que quisiera más. Tendría que ir con cuidado, por un sendero estrecho entre abismos. El plan era asumir la identidad del que ejerce un oficio que nadie sabe bien en qué consiste, de modo de ganar el respeto supersticioso de mis congéneres, el blindaje que proporciona el miedo y la ignorancia. Nadie sabe con claridad qué es eso de la literatura, qué es lo que hace un escritor; de ahí que lo dejen tranquilo, en el aura que la sociedad le construye, la burbuja hecha a medias de respeto y de asco. Podía ver en la imaginación cómo funcionaría: el humilde obrero, el honesto comerciante, la empleadita puntual, todos pasarían a mi lado desviando la vista, con un estremecimiento; ellos que opinaban sobre todo, que tenían sus ideas claras, los contornos trazados en tinta china, conmigo no se atrevían, el más profundo silencio era el único don que se depositaba en los altares del monstruo. Claro que para llegar ahí «tendría que ir con cuidado, por un estrecho sendero entre abismos» (practicaba mis frases), es decir debería hacer uso de la literatura, no había más remedio, pero sin acercarme demasiado a ella, o me tragaría.

De estas premisas se desprende que yo me tomaba mi tiempo. Me había asegurado de que mis padres no sospecharan del inofensivo engaño al que los estaba sometiendo. Contaba con que la edad provecta y el consiguiente debilitamiento de la lucidez los hiciera cada vez menos proclives a la suspicacia. La situación se prolongó tantos años que insensiblemente fui saliendo de la juventud. Mi superioridad sobre Alicia, marcada por la sinceridad de ella y la duplicidad mía, se acentuaba por la diferencia de edad. ¿Cómo habría podido defenderse la tímida adolescente del maduro seductor macerado en los fríos vinagres de la estafa?

Todo pasó muy rápido, en un precipitado de amor y terror. Mi radar la detectó en una clase, absorta en las palabras del profesor, llenando hoja tras hoja de su cuaderno con notas que taquigrafiaba como poseída, moviendo los labios en un rezo de fórmulas y algoritmos. No muy distinta de otros alumnos aplicados, tanto que me asombré de que me hubiera llamado la atención, como si estuviera dotada de una sirena que sólo yo podía oír. Mi distracción no tenía hijos ni entenados; me había demorado en esa clase (podría haber sido cualquier otra), una de las últimas de la tarde, por pura desocupación, esperando que todos se marcharan y yo quedara dueño del edificio de la facultad. Dejaba vagar el pensamiento por áreas remotas, me aislaba en un huevo de taoísmo presunto, hecho un lama de piedra. Y sin embargo, la figura insignificante de la chica estudiosa había agujereado mis nubes. Por algo sería. Decidí hacerle caso a los hados. Me la estaban sirviendo en bandeja. Si ella no era presa fácil, no existían las presas fáciles.

La seguí al salir del aula. Los pasillos del tercer piso se extendían como ríos de plomo. El vientre de las naves había quedado inundado de una luz austral; debajo de las nubes, en una franja aplastada sobre el perfil lejano de la ciudad, se ponía el sol, quemado, rendido. Nos rodeaba el ruidoso grupo de jóvenes que salían de la última clase del día. A ellos se les hacía normal el ambiente, la costumbre lo neutralizaba, y la exigencia intelectual de las materias avanzadas no les dejaba espacio para admiraciones o espantos extra. Yo en cambio conservaba la sensibilidad a las paredes, en parte porque mantenía vacía la mente, acogedora, en parte porque hacía un uso diferente del edificio. Donde ellos veían cochambre, yo veía estilo. Los nervios de las bóvedas seguían siendo para mí las puntas equidistantes que me sostenían en equilibrio entre los vanos de las crucerías. Las ojivas, las nervaduras entrecruzadas, ya en el ábside, ya en el transepto, los arbotantes en los que se deslizaban las gotas, como mercurio horadante, respaldaban con su carácter fantástico una realidad que se alzaba ante mí, poderosa pero siempre penetrable. No sabía bien dónde había aprendido los conceptos, probablemente en lecturas medievalistas de pasajeros entusiasmos adolescentes; los triforios, los gabletes, no eran las raras excrecencias de la montaña hechas para que un niño saltara desde ellas, sino los miembros de un organismo de piedras mordidas y masticadas. Donde otros habrían sentido asombro y extrañeza yo circulaba como un pez en las aguas de los deambulatorios oscuros. El exceso de espacio dictó mi destino.

La seguí, estudiándola a la distancia. Todo en ella se correspondía con mis propósitos, su figura frágil, las piernitas flacas todavía no deformadas por los partos, la espalda ya un poco encorvada, las vértebras iniciando el proceso de dislocación debido al hábito nefasto del estudio. Marchaba con el apuro característico de la chica buena por llegar a casa donde los padres la estarían esperando. El pelo color ceniza, la carpeta voluminosa con sus apuntes, la rebeca de banlon, la condescendencia tímida. Pero no me demoré en esas deliciosas anticipaciones del zarpazo porque al final del pasillo estaban las escaleras, y debía iniciar antes mis maniobras. Una carrerita sobre mis silenciosas suelas de goma y me puse a la par. Le hablé como si nos conociéramos, estrategia que siempre daba resultado entre condiscípulos. Me bastó con pronunciar algunas de las palabras del profesor, de las pocas que habían horadado las capas de mis ensueños: isósceles, matrices, vértice… Las entrelacé con balbuceos interrogativos. Eran conceptos que superaban mis limitaciones, recurría a la buena alumna aferrándome a la esperanza de no retrasarme en la materia, no perder el hilo, quizás toda mi carrera dependía de esto… Mordió el anzuelo. La condescendencia tímida me había alertado: era la mosquita muerta del saber, no pedía otra cosa que hacer brillar su intelecto, iluminar al sediento de saber; su error era presuponer la sed ajena, que era sólo de ella. Sus palabras me sonaban a chino básico, pero uno de mis dones era parecer entender lo que no entendía. Era un verdadero virtuoso, podía sostener durante horas conversaciones en idiomas que no hablaba, haciendo uso de la mímica adecuada y de la insondable ingenuidad de todo el que habla. Ella se entregaba, abría las compuertas de su pensamiento, excitada de poder compartir, seguramente por primera vez, conceptos de elevada complejidad científica con alguien que entendía, antes de molestarse en averiguar quién era yo. Cuando consideró que había evacuado mis dudas sobre la clase de la que salíamos, se extendió sobre sus proyectos personales de investigación. Me di cuenta de que era una amante sincera de la ciencia, porque no tenía miedo de que le robaran sus ideas, miedo tan característico de los mediocres. Claro que conmigo no corría ningún peligro, porque era como si le hablara a una pared; pero ella no lo sabía.

Su vocecita aguda rebotaba en las paredes sin revestimiento. Aproveché su distracción para conducirla en dirección opuesta a la escalera. Las aulas se iban vaciando, los estudiantes se extinguían, los últimos rezagados se apuraban para ganarle a la tormenta que se preparaba afuera. No tardamos en quedar solos, en un sector remoto de uno de los pisos más altos. La luz disminuía. El fogonazo de un relámpago que iluminó una de las ventanas ahusadas, encendiendo los vitrales, la volvió a la realidad. Recurrí a un truco que nunca fallaba: presentar una duda.

—Es fascinante lo que estás contándome. Nunca había oído nada tan original, ¡transformar lo cóncavo en convexo! Pero no lo veo factible. Perdón, pero no, no… —Repetía estas negativas con desaliento, sacudiendo la cabeza, como lo haría alguien que creyera que la humanidad se estaba perdiendo un adelanto prodigioso—. No lo veo…

Tal como lo esperaba, eso la devolvió a su discurso, a convencerme mediante abscisas y logaritmos que me hacían mover las cejas con admiración, y aquí y allá un fruncimiento de entrecejo para sugerir una duda o incomprensión momentánea, que renovaba su ardor expositivo, mientras mi cerebro iba por sus caminos propios. La conduje, sin dejar que saliera de sus quimeras tecno, a una escalera que subía en lugar de bajar, y ya estábamos en los ámbitos que me correspondían.

Había hecho de ese palomar de agujas truncas un hogar alternativo para mis trabajos, que no eran otros que las variaciones de la espera de los trabajos que me traería el futuro. Me hice pasar por investigador del Conicet, aprovechando la ignorancia reinante sobre esa institución, que todavía no existía; conseguí de ese modo que me cedieran para mi uso personal toda la parte incompleta del edificio. No averiguaron mucho. Se apuraron a autorizarme. Les hice un favor, porque la facultad, cuya construcción se había interrumpido misteriosamente, tenía encima de los pisos utilizables grandes cuartos vacíos a los que nadie se atrevía a subir. Como proliferaban las leyendas alarmistas de derrumbes y maldiciones, tener ahí un ocupante oficial (humano) tranquilizaba a todo el mundo. En mí, el miedo era algo connatural, y la soledad le daba su justo precio. No tenía nada que hacer allí, como no lo tenía en ningún otro lado, pero justamente por eso venía bien tener un refugio secreto y seguro. Además, constituía una variación interesante, la escalada a las alturas de las aves y las nubes. La vista me entretenía. El laberinto del cementerio, me lo aprendí de memoria. No fueron pocas las tardes que pasé contemplando embobado el vapor que cubría la Recoleta.

Por su tono de voz, noté que Alicia empezaba a tomar conciencia de la situación; sus explicaciones se hicieron más inconexas, interrumpidas por pausas en las que miraba a su alrededor, y me dirigía a mí unas miradas cautelosas. Debía de estar pensando algo tan obvio como que estaba sola, con un desconocido, en los torreones de un vetusto palacio de las ciencias del que no tenía claro el camino de salida. Se habían apagado las luces. El silencio rebotaba en los muros cubiertos de telarañas. Afuera rugía la tormenta. La invité a acercarse a una ventana, como si toda mi intención para llevarla tan alto era que apreciara la vista. Es cierto que no abarcaba la totalidad de mis intenciones, pero realmente el espectáculo valía la pena. La avenida Las Heras se había inundado, el aguacero hacía cascadas en el frente de los edificios, escalonándose en los balcones, un Iguazú urbano, los árboles se torcían tanto por la fuerza del viento que el follaje de las copas abría surcos en la corriente. Los rayos hacían aparecer por un instante una ciudad de plata. Entre uno y otro, la tiniebla.

—Han cortado el suministro eléctrico por precaución —observé.

Como Babas del Diablo negras, los cables cortados azotaban las aguas. El grito del cielo competía con el clamor de las aguas. Entre nosotros, la conversación seguía las intermitencias del temporal. Las corrientes de aire que se filtraban por los vetustos bloques de piedra creaban intrusos acariciantes; el escalofrío no estaba ausente.

Le señalé, a la izquierda, la cárcel, que se alzaba como una mole oscura sin puertas ni ventanas.

—Cuánta gente inocente habrá allá adentro.

En retrospectiva, los terrores de aquella noche me hacen sonreír, pero con tristeza. Muchos años después, cuando mi lamentable destino llegara a consumarse, sería testigo del trabajo ímprobo que se tomaban los autores de las novelas góticas que yo escribía para crear la atmósfera de una noche de terror. Pobres infelices, cómo se exprimían el cerebro buscando sinónimos para la oscuridad, para el presentimiento, administrando los detalles, el crujido, el gemido, el cuervo embalsamado. Y los actores puestos en esa maqueta de cartón quedaban a merced de los restos fósiles de la creatividad, o, en el mejor de los casos, de una momia putrefacta que salía de la cripta al oír el llamado de los lobos.

Alicia se estaba poniendo nerviosa por la situación:

—¿Cómo haré para volver a casa? No pasan colectivos.

—No te preocupes. La facultad tiene un servicio de pernoctada. —Una de las tantas mentiras que dije esa noche.

–Mis padres se van a preocupar.

–Podemos llamarlos. Aquí adentro tengo un radio-transmisor.

Sin querer me había dado la excusa para abrir sin alarmarla demasiado la puerta de mis recintos secretos. Hasta ese momento habíamos estado en el gran distribuidor circular, pensado para ser la base de la torre superior, nunca construida. Saqué la llave del bolsillo y la inserté en la cerradura.

–Soy investigador avanzado en refugios antiaéreos –le dije, en flagrante contradicción con mi anterior comedia del mal alumno, a la vez que la invitaba a pasar–. Me cedieron estas oficinas para mis trabajos.

Lo que vio al entrar no se correspondía con el gabinete de un científico. Polvo, restos de comida, revistas y diarios viejos. Contra la pared del fondo, un colchón, ominoso. Me apresuré a improvisar una explicación:

–Aquí no estoy casi nunca. Sólo para hacer una siesta, cuando me quedo sin pilas.

Cerré la puerta y cambié de tema:

–Podrías instalar tu estudio en uno de estos cuartos que tengo desocupados. Como verás, aquí lo cóncavo y lo convexo están a la orden del día. Este estilo arquitectónico le da la mayor importancia a la creación de espacios en espejo. Y yo tengo la teoría de que conviene coordinar el pensamiento con el ambiente: se potencian uno al otro. –Seguí hablando, era mi estrategia más productiva para ganar tiempo a la vez que iba volviendo verosímiles las distintas piezas del episodio–. Mi caso es ligeramente distinto, aunque obedece a la misma lógica. Como te dije, me ocupo del perfeccionamiento de refugios antiaéreos. Por ese motivo trabajo aquí en lo más alto, es decir en lo más expuesto a un bombardeo, para estimularme a pensar en serio. –Suspiré, como si estuviera cansado de tanto pensar en serio–. Cuando quieras traer tus instrumentos… Te hago hacer una llavecita extra.

–No querría molestar…

–Para nada. Me sobra espacio, porque mi trabajo es puramente mental. Me bastaría con la clásica celda del monje, o el hexágono de la abeja. En cambio lo tuyo, por lo que creí entender, se beneficiaría con cierto despliegue para hacer pasar lo cóncavo a lo convexo, lo convexo a lo cóncavo… No hay nada que hacerle: las inversiones son lo que más lugar ocupa.

No me seguía. La notaba tensa, y no era para menos. Yo en cambio me sentía cada vez más a mis anchas. La visita guiada a mis dominios se estaba llevando a cabo con fluidez. «Te puedo mostrar el resto», le decía, como si siempre hubiera algo más que ver. Ella aceptaba, con una docilidad no exenta de reservas, seguramente con la esperanza de llegar a una pared ya sin puerta, y poder irse. Pero todavía había puertas. Una, daba a un salón vacío:

–¿Ves? ¿Qué te dije? Esto está completamente desperdiciado.

Como íbamos hacia el corazón de la torre, alejándonos de las ventanas y de los serviciales relámpagos que a través de ellas nos habían iluminado hasta entonces, encendí una lámpara de alcohol.

Seguimos adelante. Yo era el perfecto anfitrión, mostrando, explicando, sonriente, cortés, mundano. Me picó una duda. ¿No estaría excediéndome en mi papel? La buena impostura debe ser discreta, ni siquiera tiene que esforzarse en disimular que es una impostura. Peor aun, estaba yendo en dirección de la comedia, y podía llegar tan lejos que después se me haría imposible volver. En realidad no tenía ninguna intención definida; sólo tenía la intención en general. No sé qué inspiración me llevó a señalar una puerta cualquiera y decirle:

—Esa puerta no debe abrirse nunca.

Supongo que quise introducir la nota siniestra, para salir del costumbrismo ramplón. Un rayo que circuló como aceite hirviendo por los hierros del techo subrayó mi advertencia con un chirrido estremecedor.

—Como ves, espacio es lo que sobra. No se lo ahorraba, en la construcción de estos viejos castillos. Sólo cuando se les dio un uso, como aquí para facultad, el espacio se contrajo, en algunos puntos hasta desaparecer. Yo hago lo posible por preservarlo aquí arriba, como un objeto precioso, una porcelana, que podría romperse en mil pedazos a resultas de una manipulación desaprensiva.

Habíamos llegado a donde la quería tener. Yo conservaba la ingenuidad juvenil de creer que a las mujeres hay que deslumbrarlas para seducirlas. Y creía tener con qué lucirme. Abrí una puerta. No tenía que hacer más que eso. Era un cuartucho como todos los otros, un poco más grande nada más. Y su contenido, que lo atestaba, a primera vista no decía nada especial. Necesitaba, como tantas cosas, una explicación para que pudiera apreciarse su valor. No me apuré a darla; hice circular en lo alto la luz, de modo de crear sombras móviles sobre el conjunto, brazos de sombra que parecían meterse entre los trastos para mover palancas y activar resortes que sólo con los procederes de la muerte podían volver a la vida.

Sólo entonces, después de haber creado la intriga, expliqué de qué se trataba. Ahí habían ido a parar todos los aparatos obsoletos que en la prehistoria de la ciencia habían servido (es decir: no habían servido) para arrancarle sus secretos a la Naturaleza. Yo los había encontrado tal como estaban, no toqué nada, ni siquiera me pregunté qué uso podría darles; pero me pregunté qué serían: encontré la respuesta en mi ignorancia, que se confundía con la de las eras arcaicas. Si podían ser cualquier cosa, también podían ser instrumentos científicos del pasado. Un palito clavado en la tierra había servido alguna vez para medir la circunferencia del planeta; para mucho más podían haber servido estas máquinas o restos de máquinas olvidadas. A la luz parpadeante de la lamparilla recorrimos esa acumulación de formas metálicas, oxidadas, semipodridas, cubiertas de polvo. Instrumentos caducos nos tendían sus brazos torcidos, sus torpes barras, como pidiendo que se los volviera a poner en funcionamiento. Desde el fondo de lo inerte, querían vivir. Después de todo, habían sido receptáculo de grandes esperanzas de descubrimiento e invención. Con esas rudimentarias poleas y manivelas los sabios de las eras vetustas habían querido medir la inercia de los cuerpos y la curvatura de los horizontes; con esos espejos ahora desteñidos habían pretendido descifrar los ocasos. Era una colección de gloriosos fracasos.

Alicia no me escuchaba, y a las cosas no les prestaba más atención. No pensaba más que en escabullirse, volver a la seguridad de su casa y sus padres. No era un alma poética, como me lo había hecho creer su proyecto de reversibilidad de lo cóncavo y lo convexo. El vuelo de la imaginación y la aventura le era ajeno. No lo advertí entonces, infatuado como estaba con lo que consideraba mi triunfo: la atmósfera de terror literario que había creado, la espantosa medianoche de tormenta, el castillo en ruinas, el cuarto secreto, los aparatos misteriosos. Un realismo pedestre amenazaba mi creación, pero no lo sabía. Lo supe después, gracias al mecanismo que me ha hecho saber todo lo que sé: la reconstrucción memoriosa. Ésa, a fin de cuentas, ha sido mi única verdadera creación.

—Tengo hecho un catálogo ilustrado de todos estos aparatos —le dije—. Te lo voy a dar para que lo estudies y veas qué posibilidades ofrecen.

Silencio.

–Quiero decir, qué posibilidades de transformación, de renovación técnica. Yo mismo hice los dibujos. Tuve que calcarlos: no soy muy bueno con el lápiz. Una sola vez un dibujo me salió bien, no sé si por casualidad o porque era imposible de calcar.

Lo mismo. Silencio, indiferencia.

–Lo que sí te pido que lo cuides, porque no tengo copia.

Cuando di media vuelta para salir, Alicia tuvo un movimiento de alarma. Si yo me iba con la lamparilla, ella quedaba varada en la oscuridad, con las antiguallas metálicas por única compañía. La tranquilicé: tenía el catálogo en el cuarto de enfrente, cruzando el pasillo, de modo que seguiría viendo la luz todo el tiempo; y además, estaría de vuelta en un minuto.

Así fue. En un minuto estaba de vuelta. Menos de un minuto. Uno dice «un minuto» para significar muy poco tiempo, pero muy poco tiempo, en tiempo real, es mucho menos que un minuto. En este caso, me ausencia fue de tan pocos segundos que la suma, traducida en pesos, no habría alcanzado para una limosna. Además, ¿fue una ausencia? Alicia no dejó de verme en ningún momento, porque como habría hecho cualquiera siguió con la vista la luz que yo llevaba, y el cuarto al que me dirigí estaba justo enfrente del de los aparatos obsoletos, donde la había dejado. Más que una ausencia fue una separación, momentánea, algo que habría pasado inadvertido de no ser por la consecuencia que tuvo, una segunda separación que nos llevó toda la vida.

Cuando le di el catálogo, cegado por mis propias maniobras, no percibí la expresión de Alicia. Lo noté en retrospectiva (¡otra vez!). Se había helado de terror. Una palidez de mármol le cubría el rostro, los labios se le habían adelgazado y las pupilas eran dos puntos hundidos en el mar del espanto. Recibió el catálogo con un temblor convulsivo. Cuando la vi en ese estado, con los ojos de la memoria, no entendí qué le pasaba. Lo supe después. Todo fue en retrospectiva, atrapando los hechos de un pasado reciente, aunque nunca tan reciente como debería haber sido. Había que echar una red hacia atrás y ver qué traía, qué me había perdido por causa de las distracciones. La acción estaba hecha de estas recuperaciones.

Sólo entonces comprendí que toda la culpa era mía. Un rato antes, sólo por crear clima, le había señalado una puerta diciéndole que nunca debía abrirla. La puerta que indiqué era una cualquiera, la que tenía más cerca. Y como yo no me lo tomaba en serio, supuse erróneamente que ella tampoco lo haría. Acto seguido nos metimos en el salón de los aparatos, justo enfrente de la puerta prohibida, donde casualmente (no reparé en la coincidencia) estaba el catálogo. Alicia me siguió con la mirada, porque yo llevaba la lámpara y ella, al quedar en la oscuridad, no tenía otra cosa que mirar. Así fue como vio los cadáveres de mis padres, que yo conservaba en ese cuarto, en sendas vitrinas. Un descuido de mi parte.

Sumó dos más dos, cuarto prohibido, cadáveres en vitrinas, y saltó a la novelesca conclusión de que yo era una especie de monstruo salido de una película de vampiros o de zombies. Es cierto que yo sin querer había venido elaborando esa atmósfera, pero de ahí a creérselo había una distancia que ni por un instante pensé que franquearía una moderna joven universitaria, brillante por añadidura.

De haberme dado cuenta de su condición en el momento, la habría sacado de su error, dado que había una explicación perfectamente razonable para lo que había visto. Al no percibir su reacción, seguí adelante, y quedó plantado entre nosotros un malentendido que malogró para siempre nuestra relación.

Tenía escondidos ahí los cuerpos de mis padres muertos simplemente porque estaba haciéndolos pasar por vivos para seguir cobrando sus pensiones. Sin ese dinero no sé cómo habría hecho para vivir. Tenía que hacer todos los meses el trámite de supervivencia, que no era tan engorroso como otros trámites a los que nos obliga la burocracia de la sociedad de masas, pero me ponía en el trance de mentir, contrariando mi decidido amor por la verdad. Con todo, eran unas mentiras blancas que no perjudicaban a nadie. Y en vistas de que era lo único que tenía que hacer para ganarme el sustento, no podía quejarme.

Que los hubiera guardado en la facultad también tenía explicación. En la casa familiar no podía, por diversas razones, de las cuales no era la menor la depresión que me provocaría tener que convivir con cadáveres, así éstos fueran de seres queridos. Y había otras más prácticas, por ejemplo la señora que iba a hacer la limpieza. Tampoco podía enterrarlos en el fondo, porque quería preservarlos para un funeral y entierro digno en un cementerio cuando yo estuviera ganando dinero para mantenerme y pudiera darlos oficialmente por fallecidos.

Ese lapso podía prolongarse, pero no demasiado. Más que poder, tenía que prolongarse, porque en mi horizonte profesional no había más opción que la de ser escritor, como fatalidad autoinfligida. Por el momento, estaba muy lejos de serlo. Sería largo y difícil el proceso de reunir las fuerzas y la confianza necesarias para empuñar la lapicera. Y la lejana meta de ese proceso era apenas el comienzo, pues a una página debían seguirle muchas más para hacer un libro, y un libro escrito no era un libro publicado, así como un libro publicado no era, ni con mucho, un libro vendido. No me engañaba con cantos de sirena, porque mis perspectivas comerciales eran nulas. Escribir novelas era algo que podía descartar de entrada; ese trabajo exigía una paciencia y un oficio que me faltaban. Tendría que decantarme por alguna clase de vanguardismo servicial con el que disimular, con pretexto de innovación o transgresión, mis carencias. Y aun eso no estaba al alcance de la mano. Encontrar el recurso adecuado y atraer a los ingenuos que se lo creyeran podía llevarme mucho tiempo. Pero tampoco podía ser tanto, porque seguía falsificando certificados de supervivencia de mis padres muertos (era lo único que escribía) y cuando en esa sobrevida superaran los cien años alguien empezaría a sospechar. En esa tensión vivía.

La facultad de Ingeniería era la opción natural para usar de escondite. Debo decir que no había sido su estilo gótico lo que me llevó a ella. Lo incompleto del edificio sí jugó un papel, aunque vino después. Ya dije que había simulado estudiar Ingeniería porque era la carrera más larga. También era exigente, lo que me convenía en tanto estudiantes y profesores no se hacían de tiempo para explorar la sede. Yo, en mi espléndida desocupación, lo había hecho y había encontrado las alturas espectrales de las que me apoderé.

Era la primera vez que llevaba a alguien allí. Había soñado con tener una Musa personalizada, a mi medida. Casi lo logré, pero ese estúpido malentendido dio al traste con mis propósitos. Fue culpa mía, por distraído. Al no darme cuenta de que Alicia había visto los cadáveres de mis padres, no tuve la oportunidad de explicarle por qué estaban ahí, seguí creyendo que éramos dos estudiantes en una romántica expedición nocturna por las ruinas, cuando en realidad estábamos en niveles diferentes: ella en las simas del terror, yo en mi papel de anfitrión benévolo. Era imposible que nos entendiéramos, como si habláramos distintos idiomas o estuviéramos en películas diferentes.

La explicación era tan simple, con dos palabras la habría tranquilizado. Fue una fea jugarreta de la suerte que me pasara justo a mí, el hombre de las explicaciones. Me extraña que su aspecto, los temblores, la palidez, los conatos de desvanecimiento, los sollozos mal contenidos, no me alertaran sobre su estado de ánimo. Confundí la

rigidez del espanto con la adorable timidez de la adoles-
cencia. Caí en la cuenta años después, reconstruyendo la
escena con toda la fidelidad que me permitía la memoria. Entonces entendí por qué Alicia había desaparecido
de mi vida. Por una trivial confusión.

—Alicia se fue.

Las tres palabras habían sonado a mi espalda, ominosas. No necesitaba decir más. La acción se explicaba sola, en el lenguaje de los hechos. Las sombras que proyectaban los gruesos cristales eran manchas de gris en el negro. Parecían charcos de humo.

Necesitaba estar solo. Había empezado a oír voces, y el único modo de no volverme loco con sus mensajes era concentrarme en ellos, descifrarlos, hacer de su irracionalidad fórmulas con las que navegar el inconsciente.

La fórmula de la partida de Alicia latía en mi enorme fatiga. Me había obligado a mí mismo a subir todas las escaleras, para fortalecer con el ejercicio el corazón; el opio tenía su propio ritmo, que medido con el de la vida era lentísimo. Me aferré a las barandas con manos que se volvían garras, tenazas, pinzas de cangrejo. Jadeaba. Me interrumpía: ¿otra escalera? ¿Volver a subir? ¿No debería bajar también?

Al fin la voz del Ujier me alcanzó. Me dejé caer exhausto en un sillón. Era hora de pensar. No podía seguir actuando en automático, según el impulso del momento, como si fuera un trompo. Por lo pronto, debía procesar la fórmula que había extraído de la oscuridad, el esquema de las sombras. Las alucinaciones seguían mientras tanto, pero ya me había habituado a ellas, y las dejaba correr por detrás del pensamiento, como un empapelado de flores blancas.

Aun así, no podía ignorarlas tanto como habría querido. Tomaban la forma de un interior vasto del que no podía (o no quería) salir. Salones de sueño que se sucedían sin fin, cargados de mobiliario, sin habitantes, a través de puertas entreabiertas se veían otros cuartos, donde los espejos modificaban las perspectivas. Yo siempre estaba inmóvil en medio de esa profusión de arquitecturas; el edificio me recorría a mí, a velocidades variables. Lo dejaba hacer. Tenía otras cosas en las que pensar. Pero los pensamientos recorrían las alucinaciones; un verdadero círculo vicioso.

Todo este juego terminaba representando la soledad, un estado que en mí venía de lejos. Al haber nacido y crecido en un hogar de escasos recursos, me formé en la estrechez espacial, compartiendo dormitorio con mis hermanos y la abuela, haciendo los deberes en un rincón de la mesa de la cocina, disputando el espacio vital centímetro a centímetro, mis fantasías se poblaban de palacios con salas profundas todas para mí solo. El opio estaba reactivando esas expansiones.

Una tremenda soledad se abatió sobre mí. La huida de Alicia ponía fin a mis sueños, era como si el mundo mismo se vaciara, o perdiera color y volumen. Mi vanidad de hombre era la primera, pero no la última, en sentirse herida. Hice un rápido repaso mental de nuestras noches. Los ardores habían parecido satisfactorios. ¿Dónde iba a conseguir ella otros mejores? Seguramente había actuado impulsivamente, sin pararse a pensar en el futuro. Porque de los hombres que pudiera conocer después de dejarme podía esperar dos cosas, y nada más que dos: sexo sin amor, o sexo con amor. El primero podía ser bueno en el momento pero dejaba un regusto de cinismo ajeno y en el fondo resultaba sórdido y poco higiénico. Y si había amor había también debilidad y desesperación; el amor nunca se daba fuera del hambre y la sed de amor. Y corría el riesgo de tener que cargar todo el resto de su vida con un ser dependiente.

Aun con estos pensamientos vengativos, no me consolaba. Una tremenda soledad se abatía sobre mí. Sospechaba que la soledad había estado antes de la huida de Alicia, como una fuerza centrífuga que la había expulsado. Previendo el abatimiento que me causaría el abandono, había recurrido al opio, el antidepresivo perfecto. Pero ella me dejaba por no soportar que yo consumiera la sustancia blanca y me abstrajera en los mundos nebulosos de la trascendencia. Como toda mujer, reclamaba atención. De cualquier modo, no valía la pena especular: los motivos de su huida estaban en una carta, que había escrito con su letra redonda y clara de escolar, con faltas de ortografía y dislocaciones de sintaxis. Quise leerla; no la tenía a mano; lo más probable era que la hubiera inventado en mi delirio, y la hubiera escrito con su letra. Pero quería leerla porque era lo único a lo que podía aferrarme.

Por suerte, sabía dónde estaba, junto a todas las demás cartas: en el infierno de mi sexualidad. Nunca bajaba allí: demasiados malos recuerdos. Pero la curiosidad por leer la carta de Alicia pudo más.

Un episodio en el descenso me confirmó lo que se decía del opio: que en sus visiones no había otra cosa que lo que ya estaba en la mente del visionario, es decir el tesoro, pobre o rico, de conocimientos adquiridos. En la entrada de mi averno privado se me apareció un enorme perro que gruñía y me mostraban los dientes. Parecía a punto de saltarme encima. Pero yo tenía en las manos los pasteles de miel con los que pagar el peaje infernal. Venían de mis lecturas de los clásicos, pero también venían de más lejos. Las abejas doradas volaban en círculos alrededor de mi cabeza, haciéndome una aureola de santo.

Una carcajada estalló en ese momento en la oscuridad clarísima. Acorde con el clima gótico que yo mismo había creado, supuse que era una risa que venía del más allá, para recordarme alguna de mis condenas en suspenso. Pero no. Era el Ujier. Eso fue casi peor. ¿Se reía de mí? ¿Había estado siguiendo con sorna mis itinerarios de superstición literaria? Me volví hacia él, con un improperio en los labios, de los que no pasó porque vi que estaba mirando la televisión. Se reía de los chistes chabacanos de la pantalla. No recordaba que hubiera un televisor ahí. Era un viejo aparato en blanco y negro, empotrado en un mueble de caoba con molduras. El sonido, si había sonido, estaba bajísimo; no entendí cómo en esas condiciones podía celebrar los chistes con tanta desenvoltura: o tenía un oído superfino, o leía los labios. Lo que me hizo pensar qué poco sabía de él, más allá de su funcionalidad. Nada podía descartarse en un hombre. No era imposible que fuera capaz de oír los pasos de los astros en el cielo, o leer los labios de los chinos. El defecto era mío, al no haberme impuesto la tarea de conocerlo.

Me senté, para darle conversación. Esperé a la pausa publicitaria. Tocaría su punto flaco: el dinero. Su codicia había quedado patente desde el primer momento, cuando prefirió venderme todo el opio de la Antigüedad de una sola vez. Otro lo habría hecho como lo hacían todos los *dealers*, sirviéndome discretamente un par de dosis con un rápido pase de manos, después de mirar a los costados. Pero él vio al famoso autor de los clásicos del género gótico y se encandiló con la oportunidad de embolsar una suma grande, aun sabiendo que con la masa se iba la llave, y tendría que esperar quién sabe cuánto para recuperarla.

Ataqué por ese lado:

–He decidido hacer un fideicomiso con mis derechos de autor. ¿Qué le parece?

Me dirigió una mirada de perfecto idiota. Me expliqué, en el sentido en que me proponía alarmarlo:

–De ese modo nadie podrá tocar el capital, ni yo mismo.

Vi ponerse en marcha los engranajes de su cerebro de retrasado. Debía de estar preguntándose si no lo obligaría a hacerse cargo de los gastos de la casa. No lo saqué de la duda:

–Temo que en el estado en que me pone el opio pueda cometer un error fatal para mis finanzas. Haciendo intangibles los fondos podré consumir a destajo…

Seguía preocupado. Pero veía una luz al final del túnel: si yo aceleraba el consumo, más pronto llegaría al centro donde estaba la llave.

–El propósito último –seguí–, es liberarme de toda preocupación práctica para poder elevarme a las alturas máximas del olvido de mí, a la manifestación plena del automatismo animal. Hasta ahora he venido usando el opio para relajarme, para pasar el rato, para hacerme el loco. Ya es hora de hacer que dé todo su potencial.

–¿Y para qué le serviría eso?

La pregunta me descolocó. No lo había pensado, quizás porque había partido del supuesto de que el opio era un fin en sí mismo. Es más: me daba cuenta de que siempre había pensado que todo en la vida era un fin en sí mismo, y de ahí la elección del opio, al que veía como la consumación de ese estado de cosas en el que no había medios sino sólo fines. Pero alguien que tuviera esa cosmovisión tenía que ser visto como un ser extraño, y no quería que el Ujier me viera así; podía sacar ventaja de mi condición de fenómeno. Así que me inventé una finalidad, como habría hecho cualquier ser normal:

—A fuerza de droga quiero ponerme en forma para hacer lo que me tengo prometido desde hace tanto tiempo, el logro que me justifique más allá de la mezquina fama que obtuve con esas estúpidas novelas. Inflado de opio como un globo aerostático podré lanzarme a ejecutar lo que se encuentra entre el sueño y la realidad, lo que vine postergando desde el momento mismo en que nací... —A medida que hablaba la mentira iba tomando contornos más precisos, y a merced de ellos se iba volviendo verdad; no necesité simular convicción—. Cuando lo haya hecho, lo demás no importará nada.

Lo creí. De pronto, tenía algo que hacer, mi vida adquiría el sentido perdido. Se abría una puerta. Y todo gracias a hablar. Mi desconfianza ante el silencio se justificaba una vez más. Hablando era como venían las ideas y las soluciones, del tesoro inagotable del lenguaje, que siempre se las arreglaba para sorprendernos.

Debía prepararme para la prueba suprema. No sabía cuál era, sólo sabía de su importancia. Fuera cual fuera el campo en que debía producirla, no podía ser sino un trabajo más, de los que había hecho tantos, salvo que de este trabajo dependía que todos los trabajos anteriores tuvieran sentido. O sea que debería estar bien hecho. Muy bien hecho. Esa combinación me desasosegaba: no saber en qué consistía, y a la vez saber que tendría que quedar mejor que nunca. Pero no me convenía dejarme vencer por el desaliento previo. Debía prepararme, acumular fuerzas, reunirlas en un haz que pudiera descargarse con toda la potencia, de una sola vez; últimamente las había estado desperdigando en pequeñeces: en peinarme, prender el escudito de San Lorenzo en la solapa, oler una flor (sin ninguna necesidad), sacarle punta al lápiz que no usaba. Parece que no, pero esos gastos menores de energía se sumaban entre sí para después restar el total de la energía puesta en lo realmente importante.

El estímulo más fuerte para encarar esta etapa decisiva me lo daba saber que si no lo hacía, y no lo hacía bien, todo lo hecho antes caería en el vacío, inútil, caduco. En el fondo, se trataba de una operación de salvataje. Que lo hecho por el hombre casi siempre necesita redención, no es una novedad. Mucho menos podría serlo en mi caso: cuando la acción se precipitaba, yo dejaba de pensar. Volvía a hacerlo mucho después, en una calma artificial que me procuraba cerrando las puertas y ventanas de mi mundo privado. Entonces veía mis errores, los lamentaba, me prometía hacerlo mejor la próxima vez, y lo dejaba ahí.

Pero aun para los que dominan las situaciones, aun para la Realidad misma, rige el imperativo de la redención. Eso se debe a la naturaleza del presente, al que una vieja maldición condenó a ser provisorio y equivocado. Sus criaturas vagan sin encontrar el rumbo, sus construcciones se derrumban antes de que puedan habitarlas, el aire se carga de miedo al fracaso.

Yo estaba demasiado cansado para sentir miedo. Habría necesitado unas largas vacaciones. Pero no hay vacaciones en el presente. Me sentía una víctima, y no podía culpar a nadie más que a mí. Era injusto, me decía, que después de todo lo que había hecho, después de levantar el vasto complejo de la novela gótica, todavía tuviera que hacer mi propia novela gótica, poner en marcha la vetusta maquinaria, llevarla a buen término... ¡y encima hacerlo bien! Antes no había esa exigencia. Con que fuera gótica bastaba. Ahora además tenía que ser buena. El colmo de la desgracia.

Estos melancólicos pensamientos me llevaron a una conclusión inescapable: el opio. La salida fácil. Un enorme trago de veneno. El cuerpo me lo pedía a gritos, cada célula aullaba por su alimento como perras, como notas de un bolero desesperado. Fui a por él. Aunque no era tan fácil. Creo haber dicho ya que la casa era grande. Cuarto tras cuarto, nivel sobre nivel, patios interiores de los que resultaban nuevas alas, nuevos claustros, terrazas de ventilación con torres dotadas de dormitorios. Así había sido en los dibujos preparatorios, esbozos de fantasía que se materializaron casi independientes de mi voluntad. Terminó siendo incómoda. Hubo que dejar una parte en obra, sin completar. Para la sabiduría oriental esto era consecuente con una filosofía de la incompletud. «Sólo una persona de comprensión reducida desea disponer las cosas en series completas. En los palacios de antaño, se dejaba una parte sin terminar, obligatoriamente.» (Yoshida No Kaneyoshi) Nada debía darse por terminado. En una ciudad tan occidental como Buenos Aires, y con la voracidad fiscal que debíamos soportar, la incompletud cumplía otra función, menos filosófica y más práctica: al no estar terminada la construcción, no pagaba impuestos. Interesante ver cómo los conceptos más elevados podían adaptarse a los fines menos elevados.

Debía orientarme. ¿Adónde quedaría el cuartito del opio? Lo había escondido tan bien que necesitaba un mapa cada vez, y cada vez un mapa distinto. Tiré de un cordón de felpa que colgaba entre los tapices: necesitaba al Ujier, que con el correr de los días se había vuelto mi guía indispensable, mi cómplice. No me gustaba depender de nadie, pero toda mi vida había dependido de alguien, y en esta emergencia no estaba para independencias. Después de todo, el cómplice era una coincidencia; siempre he creído que la vida, para ser una vida de verdad, tiene que coincidir con otra cosa que no sea la vida. Pues bien, mi vida siempre estuvo sola y huérfana; nunca coincidió con nada que valiera la pena; ahora lo tenía al Ujier, miserable coincidencia, pero al menos era algo.

Esperé. No venía nadie. Como estaba saliendo trabajosamente del sueño me encontraba bastante perdido. Miré a mi alrededor. Muebles vetustos, armarios cerrados, una gran cama con dosel, empapelado rosa viejo, unos pocos cuadritos, óleos, paisajes de la escuela de Barbizon. Una ventana. Un rayo de sol trazaba rayas en el vidrio: entre ellas, la copa de un árbol con flores blancas. Por un fenómeno de senestesia mental, sentí el perfume de las flores, delicado, casi imperceptible.

Me asaltó una pregunta: ¿era de día, entonces? Me había hecho a la idea de que todo sucedía de noche, en mi existencia clandestina. Pero tenía que haber días entre las noches, y por lo visto había caído en uno. Traté en vano de reconstruir las horas previas. La noche había estado presente todo el tiempo, como un animal que me perseguía con miles de habilidades instintivas, y no me perdía el rastro nunca. Yo le respondía con el sueño, que se derramaba sobre la realidad.

Pero si era de día realmente, y no una alucinación, me daba una ventaja que debía aprovechar. Debía apoderarme de la luz solar, tomarla a puñados y arrojarla como piedras de fuego. No sé qué estaba esperando. Nadie acudiría a mi llamado. Abrí la primera puerta que encontré y salí a un pasillo mullido. Allí me esperaba Alicia, plantada en mi camino. Tenía cara de pedirme algo, de exigirme el cumplimiento de una promesa que yo no recordaba haberle hecho.

—No tomes más. Te hace mal.

Ah, era eso. Últimamente se le había dado por ese lado. Decía querer recuperar al hombre que yo había sido, el productivo hombre de letras que tenía en vilo a sus lectores... y ganaba montañas de plata con sus libros: esto último lo callaba; hacía la comedia de la desinteresada, movida sólo por el bien común literario. Como si le importara.

—No puedo prescindir de la droga. Mi organismo se ha modificado bajo su acción, hasta el último nervio.

—Pero ¿no entendés que se transformó para mal? Has perdido fantasía.

—Al contrario. La he ganado.

–Que equivocado estás. Ganaste una fantasía que no le interesa nadie. Hay fantasías y fantasías.

–No insistas. Mi decisión de dejar de escribir es irreversible.

–Lo que nunca entendiste es que escribir es secundario. Antes está el hombre, el amante, y desde el momento en que el hombre y el amante cayeron en la hoya blanca del olvido sólo quedó el monstruo frío y destructor.

–Vos menos que nadie podés decir eso, testigo que has sido de las erecciones que me produce el opio.

–Es que yo soy de las que no conciben el sexo sin amor.

Toda modosa, la monjita declamando su amor por Jesús. Me reí.

–Eso lo decimos los hombres, no las mujeres. Me imitás mal. Y basta de discusión. Me estás retrasando.

Traté de sacármela de encima. Era una mole pesada, lenta, su radio de giro se medía en biombos. La decoración de dorados oscuros de la casa me hacía difícil ver. Pero la veía a ella. Conservaba el lustre oscuro de la piel. El batón de entrecasa que llevaba puesto, entreabierto sobre los senos generosos, dejaba desnudos los brazos, cubiertos de una fina película de sudor. Venía directo de la cocina, donde yo sabía que se la pasaba fregando las ollas hasta sacarles brillo. Las exhalaciones del Ayudín le daban a su rostro un aire animal. La toqué, y la experiencia me traspasó como una corriente eléctrica.

En el sueño yo la había matado. Era el único modo de librarme de ella: el sueño. Era inmortal, invencible. Sólo yo podía matarla, por haberla llevado a mi sueño. Claro que no tenía ningún motivo para hacerlo (o tenía demasiados) porque era la única mujer que se había adaptado a mis deseos. Había vuelto de varias vidas distintas sólo para darme placer.

En el sueño había flores blancas. No había nada más, o si lo había estaba sólo para ocultarse tras las corolas redondas incandescentes. Yo sabía que eran el velo de Alicia. Y sabía que la había tocado, había pasado la mano por el espacio que producía un rumor parecido al de la lluvia para llegar a ella, la intocable e intocada. Me había inclinado sobre ella para olerla.

Pero ¿la había amado? Eso era relativo. Quiero decir, relativo a la experiencia que me atravesaba como una corriente eléctrica. No tenía mucho con que comparar. No con mi esposa, por cierto, con Estela nunca entramos en esos sentimentalismos; nuestro matrimonio había resultado de un acuerdo razonable, una unión de conveniencia. Para ella era el modo de escapar de la tutela tiránica del padrastro, y entrar en posesión de su fortuna; para mí, representaba la independencia económica y la posibilidad de dar oficialmente por muertos a mis padres, a los que deposité en un suntuoso mausoleo en la Recoleta.

Hubo otras mujeres, casuales, que no interrumpieron mi sosegada convivencia con Estela. Algunas venían del sueño, otras de mitologías torcidas, como la malabarista china que me entretenía con la vajilla voladora. A todas las ponía bajo el arco de la frase famosa, «no concibo el sexo sin amor»; quizás fue por eso, por la acepción fuerte del verbo «concebir», que ninguna aceptó nunca que la penetrara sin condón. Yo juraba que iba a salir a tiempo, pero no me creían, ni siquiera cuando les hacía la demostración. No necesitaban decírmelo, pero tenían terror de quedar preñadas; para un especialista en terror, como había llegado a serlo, no era tan halagüeño saber que ése era el único terror verdadero que inspiré. Y no era, o no era sólo, el miedo a tener un hijo extramatrimonial y no saber cómo justificarlo ante sus familias o mantenerlo, eso habría caído dentro de lo razonable, el miedo de ellas era por llegar a tener adentro de sus cuerpos jóvenes un pequeño autor de novelas góticas, como si esa miniatura gelatinosa fuera un íncubo de veneno.

No debía reproducirme. Había sellado esa condena el día en que me hice escritor. Y cuando decidí, irrevocablemente, dejar de escribir, me di cuenta de que sólo podía reproducirme escribiendo. Pero yo había estado a punto de dejar de escribir mucho antes, cuando todos los caminos estaban abiertos, es decir cuando todavía dudaba de que yo sirviera para la literatura. Fue una idea pasajera, pero fuerte, me encandiló. Garabateaba con el lápiz en el cuaderno, esperando que la inspiración me dictara un argumento, o por lo menos una frase que sonara bien, cuando me puse a dibujar, amparado en la soledad y el secreto, un aparato genital femenino externo. No había visto muchos entonces, o no había prestado mucha atención al detalle, pero lo cierto es que me salió perfecto. Los labios mayores, los menores, el plisado suave, la media abertura, la carnalidad. Por un milagro del trazo, no sé cómo, hasta daba una impresión de humedad rosa, una promesa de oscuridad. No era una vulva ideal, de libro de anatomía o de educación sexual: era real, de mujer real, se la adivinaba entregándose a un hombre que no sabía si aceptar semejante don; yo proyectaba mis emociones sobre el dibujo. Se me hizo tan patente la superioridad de la representación plástica sobre la literaria que en ese momento estuve a punto de tirar por la borda mi vocación. Lo que en el dibujo se apreciaba de una vez, en toda su riqueza inagotable, por escrito había que construirlo paso a paso, trabajosamente, como para que un lector atento y paciente, en caso de que lo hubiera, lo reconstruyera. Ahí me quedé, en el borde de ese abismo.

Nunca hubo otro dibujo, debió de interponerse alguna clase de tabú autoimpuesto; al que había hecho lo recorté del cuaderno y lo escondí entre las páginas de un libro. No sé cómo se salvó, ese frágil trocito de papel, de las vueltas y revueltas que dieron mis cosas en los torbellinos de la vida. Nadie abrió ese libro, y por una vez debí agradecer que el hábito de la lectura fuera tan raro, tan excepcional. Ya dije que al salir de la cárcel me embarqué, sediento de olvido. Cuando el público contempla uno de esos barcos petroleros gigantes como el que tripulé yo, piensa que el romanticismo del mar ha muerto; se engaña de medio a medio; es cierto que las goletas y bergantines de antaño, con las velas desplegadas, recortaban siluetas más elegantes y sugestivas, en las ilustraciones de las novelas de piratas. Pero para el marinero que desde la borda se pierde a sí mismo en la visión del mar y el cielo da lo mismo la clase de barco que sea. Sé lo que digo, porque para mí aquellos crepúsculos y amaneceres en medio del océano fueron núcleos duros de romanticismo espectacular. Menciono la salida y la puesta del sol no sólo porque eran los momentos del día en que tenía relevo en mi trabajo con las mangas de gas y podía permitirme unos momentos de ocio contemplativo en cubierta, dejando que la brisa salina me envolviera el rostro. El sol posado en el horizonte se elongaba imperceptiblemente, el rojo ardiente se suavizaba, y me recordaba eso que yo había dibujado con tanta fortuna.

Con esto quiero decir que algo de mí seguía siendo humano, y hasta convencionalmente humano, como el marinero sediento de amor que ve mujeres voluptuosas en los contornos de las nubes. En mi caso se colaba un anacronismo: ese marinero en estado de abstención sexual aguda era el de las largas travesías de meses y meses a bordo de goletas y bergantines. Mientras que nosotros hacíamos el cruce Lagos-Santos en tres días.

Muchos años después, ya casado y en pleno ascenso de mi carrera de escritor, hojeando un libro de Lamartine antes de tirarlo, salió volando el papelito. Por suerte en ese momento estaba solo, de otro modo habría tenido que dar explicaciones. Lo recogí y me absorbí en el reconocimiento. Ahí fue cuando supe que el dibujo nunca había desertado de mi retina. Una sola y rápida mirada habría bastado, pero necesité una larga lectura para agotar la riqueza que yacía en el papel, y todavía dejé bastante para otra ocasión. Un detalle en el que me había engañado el recuerdo: no había dibujado los labios mayores, el borde externo de la figura eran los labios menores. Eso acentuaba la cualidad de joya de la vulva, la ponía en una perspectiva feérica de vacío lleno, quiero decir de vacío que ha salido de sí mismo. El diamantito de la abertura vaginal parecía brillar, el punto de la uretra podría haberse confundido con una mancha en el papel, de las que se hacen cuando uno le saca punta al lápiz y un grano de grafito vuela y va a posarse a cualquier parte.

Busqué un lugar donde esconderla, donde nadie pudiera encontrarla a la vez que me permitiera tenerla a mano para volver a verla cada vez que quisiera. La solución se presentó por sí sola, en la forma de uno de los regalos de boda que habíamos recibido. Era una cajita de música, antigua pero no una antigüedad de precio, más bien una curiosidad. Como regalo de boda era excéntrico, había que reconocerlo, pero no justificaba la reacción de Estela. Provenía de una de sus amigas ricas, a la que le supuso toda clase de motivaciones malintencionadas. Lo conveniente, decía, era regalar algo útil a una pareja que se instalaba, no un juguete que no servía para nada. Yo le recordaba que era ella la que no había querido hacer una lista de regalos, por considerarlo vulgar. Yo estuve de acuerdo, no por prurito de elegancia sino por el hecho fehaciente de que con su dinero podíamos equipar diez casas, y hasta comprarle veladores de Lalique a las sirvientas. Su amiga debía de haber hecho el mismo razonamiento, de ahí que se decidiera por la cajita de música. Más entendible habría sido que Estela se enojara con esa otra amiga que había regalado un juego de sábanas de raso negro.

—¡Qué amigas tenés!

—Las sábanas siempre son útiles.

A la cajita de música le encontraba un sentido extra: criticaba implícitamente, decía, su decisión de casarse con un escritor pobre, en lugar de uno de esos polistas que pululaban en su ambiente. Le pregunté cómo hacía la inocente cajita para efectuar esa crítica. Me lo demostró con un análisis de delirio paranoico, según el cual la muñequita de marfil con tutú de madreperla que hacía un pas seul al ritmo del Rondó a la Turca representaba la frivolidad de una heredera sin estudios, mientras que el forro celeste del interior significaba el cielo sin nubes de la que nunca había hollado las piedras del camino de la vida; y el dorado del exterior la ostentación de riqueza de su familia…

De todos modos, no había peligro de que se desprendiera del objeto: era muy apegada a sus cosas. Yo vi ahí el escondite ideal; fingí una admiración sin límites por el dispositivo, de modo que si me veía con él en las manos no se sorprendiera. A solas, encerrado en mi estudio, abrí la tapa inferior y metí el papelito de lado, no sin antes admirar el complicado mecanismo, afín al de los relojes. Ya estaba por cerrar cuando me di cuenta de que había algo más. La cuerda, que se daba girando una mariposa dorada, accionaba uno de los juegos de engranajes, el del

Rondó a la Turca y el pas seul; pero había otro, que respondía a la misma cuerda cuando se tiraba de la mariposilla hacia afuera. Probé, y era otra melodía, y en lugar de pasos de ballet la muñequita se quedaba quieta y el tutú de madreperla se abría revelando el pubis, del que asomaba la cabeza de un mono. Volví la mariposa de la cuerda a su posición inicial y le hice tocar la remanida melodía de Mozart, que aun en su inarmónico tintineo reposaba el ánimo como un viejo hábito.

Cuando se construyó la casa, ya seguro de mi poder, al rosetón de la nave principal le di la forma de mi dibujo, en cristal rosa. Para permitirme semejante atrevimiento tuve que hacer proliferar las rarezas y extravagancias en cada rincón y cada nivel del edificio. No debí haberme molestado, porque el chiste no era muy visible; o mejor dicho, aunque era lo más visible de la casa, y quizás por el hecho de serlo y de ser fuente y vehículo de la más deliciosa iluminación de color íntimo, a nadie se le ocurría interpretarla como algo figurativo, tal es la fuerza de la forma abstracta cuando hay simetría.

No fue el único toque personal que puse. A decir verdad, me dediqué a ponerlos; o quizás debería decir a sembrarlos, como pistas para que alguien atento y con tiempo reconstruyera mi personalidad. Podía hacerlo, porque me sobraban ideas en la materia de transformar un hecho de mi vida, un sentimiento, un personaje, en un objeto representativo. Mi ingenio era inagotable en crear dispositivos jeroglíficos; podía atreverme a poner a la vista de todo el mundo mi secreto más comprometedor, travestido en bibelot. La morada se volvió una extensa novela en clave.

También podía hacerlo porque me sobraba tiempo. La desocupación me estaba matando; si hacía cosas ridículas e inútiles era sólo para combatir un vacío que podía llegar a alterarme los nervios. Yo había sentido desde siempre esa amenaza del tiempo; no sentía al tiempo sino como una amenaza de impaciencias sin objeto, de inutilidad. Mi vocación de escritor había sido una esperanza de plenitud. Escribiendo podría mantener a raya al tiempo. Así me lo imaginaba, basándome en lo sucesivo del discurso, en que a una frase le sigue otra, a un episodio el siguiente, las palabras estaban disponibles para la imaginación, y no se terminaban nunca... Un buen plan, que no resistió la prueba de los hechos. Porque cuando al fin mi sueño se realizó y fui escritor descubrí que no tenía absolutamente nada que hacer.

La desocupación, si bien me gastó por dentro y me decepcionó de la vida, tuvo un aspecto positivo: me convenció de que mi misión era prepararme para la prueba suprema, la prueba definitiva, el trabajo en el que culminarían todos los trabajos. El vacío se hacía para eso, era el vacío de la ascesis, la preparación del guerrero espiritual.

Pero ese proceso estaba lleno de trampas. Una de ellas se me estaba presentando cuando enfrentaba a Alicia en el pasillo mullido. Yo quería abrirme paso para ir a tomar un enorme trago de veneno. Había decidido que lo necesitaba para emprender la gran prueba, que consistía en salir a la ciudad nocturna asfaltada de miedo y encontrar a Alicia, la fugitiva. Pero Alicia estaba frente a mí cerrándome el paso. Había un error en algún punto del episodio, y no sabía dónde estaba, no podía localizarlo porque ese punto era yo.

La casa tomaba protagonismo. El abismo al que me arrojaba yo mismo tenía dónde expandirse y crear sus vientos con los que llevarme de un lado a otro como una hoja en la tormenta. Las ampliaciones lo habían hecho. Eso también tuvo su razón. Yo me había casado por dinero, el dinero de Estela, creyendo que lo necesitaría.

Quería ser escritor, había puesto ahí todas mis ilusiones, y sabía que no ganaría plata con mis libros. No es que no hubiera escritores que ganaban bien, y hasta los había que se hacían ricos. Pero en esos casos la fuente de la ganancia eran novelas convencionales, con personajes, acción, argumento, todo lo que pedía la masa de lectores. Yo me sabía, de antemano, incapaz de escribir esa clase de libros, que exigen oficio, paciencia, talento. Si quería ser escritor, y vaya si lo quería, tendría que ser vanguardista, de los que pueden poner todas las torpezas y contrasentidos bajo el manto generoso de la originalidad o la transgresión. De modo que estaba condenado al prestigio secreto, en el mejor de los casos, y a la pobreza; contra ésta puse en acción un matrimonio por interés.

Una vez más, las cosas no salieron como las había planeado. Gané mucha plata. Lo que, para empezar, hizo superfluo mi matrimonio y explica gran parte de lo que fue nuestra relación. Se creó una asimetría. Estela, proveniente de una familia que había sido rica desde siempre, tenía hábitos de consumo arraigados, una segunda naturaleza en ella. Yo no sabía qué hacer con la plata. Y no era cuestión de hacer un esfuerzo y salir a comprarme zapatos o corbatas, porque había millones durmiendo. La solución fue inmobiliaria. Empecé a comprar las casas de los vecinos para ampliar la nuestra, que ya era grande. Esas ampliaciones, al carecer de objeto, puestas en manos de arquitectos de moda, resultaron en ambientes irracionales, prolongaciones que se volvían sobre sí mismas, superposiciones, sótanos, desvanes, miradores, patios inaccesibles, terrazas ciegas. Al menos sirvió a su propósito de darle uso al capital, porque además del costo colosal de las construcciones estuvo el varias veces colosal de llenar esos espacios con muebles, alfombras, lámparas, cortinas, cuadros.

No era de extrañar que yo, con la percepción alterada por el opio, me perdiera ahí adentro. Aun así, en los últimos tiempos había sentido que estábamos apretados, que donde fuera me salían al paso Alicia o el Ujier. Psicológicamente, era muy probable; los espacios se contraen viviéndolos. La preocupación hizo presa de mí: yo había llevado a Alicia a vivir a la casa, confiando en que el tamaño de ésta y sus intrincados recorridos harían posible que no se cruzara en ningún momento con Estela; de hecho, había visto en retrospectiva las tareas de ampliación como una preparación para una situación de este tipo. Desde el momento en que el matrimonio se volvió superfluo, lo natural fue pensar en proveerme de una amante. Llevar una doble vida sin salir de casa. ¿Me había confiado demasiado? Un adúltero con un mínimo de prudencia mantendría lo más alejadas que fuera posible a su esposa y su amante, en barrios distantes de la ciudad; mejor todavía, en ciudades distintas, en países o continentes distintos; sólo a mí se me podía ocurrir tenerlas en la misma casa. Era inevitable vivir en la inminencia del desastre. Como en un vaudeville, con puertas que se abrían y cerraban, entradas y salidas, la escotomización, el mimetismo, la tensión. La tensión nerviosa en la que vivía habría sido insoportable de no ser por el opio.

Pero a la vez que me calmaba y me hacía vivible la duplicidad en suspenso, el opio me obnubilaba y me ponía en peligro de cometer un error. Y la tarea que me había propuesto debía hacerla con un máximo de precisión. Un solo punto que estuviera un milímetro fuera de lugar, un solo instante que se diera antes o después de lo que correspondía, echaría todo a perder. Y era imprescindible lograrlo, me iba la vida en ello, o al menos el resto de paz que me quedaba en la vida. Parecía de una dificultad insuperable, pero casualmente yo sabía cómo hacerlo. Quizás nadie más en el mundo lo sabía, aunque en el fondo era simple. Consistía en tomar un hecho ya sucedido, en toda la perfección de lo que pasó tal como pasó, y calcar sobre él, o más bien, dado que la realidad es tridimensional, usarlo como molde sobre el que vaciar lo nuevo.

2 de diciembre de 2015

ÚLTIMOS TÍTULOS PUBLICADOS

La Quimera del Hombre Tanque, Víctor Sombra

Un reino de olivos y ceniza, VV.AA.

Connerland, Laura Fernández

No es medianoche quien quiere, António Lobo Antunes

En tu vientre, José Luís Peixoto

Z, la ciudad perdida, David Grann

Vidas perfectas, Antonio J. Rodríguez

La Habana en un espejo, Alma Guillermoprieto

Adiós a casi todo, Salvador Pániker

Cien años de soledad (edición ilustrada), Gabriel García Márquez

El libro de los espejos, E. O. Chirovici

El banquete celestial, Donald Ray Pollock

Knockemstiff, Donald Ray Pollock

La parte soñada, Rodrigo Fresán

El mago, César Aira

Cumpleaños, César Aira

Los días de Jesús en la escuela, J. M. Coetzee

El libro de los peces de William Gould, Richard Flanagan

La vida secreta de las ciudades, Suketu Mehta

El monarca de las sombras, Javier Cercas

La sombra de la montaña, Gregory David Roberts

Aunque caminen por el valle de la muerte, Álvaro Colomer

Vernon Subutex 2, Virginie Despentes

Según venga el juego, Joan Didion

El valle del óxido, Philipp Meyer

Industrias y andanzas de Alfanhuí, Rafael Sánchez Ferlosio

Acuario, David Vann

Nosotros en la noche, Kent Haruf

Galveias, Jose Luís Peixoto

Portátil, David Foster Wallace

Born to Run, Bruce Springsteen

Los últimos días de Adelaida García Morales, Elvira Navarro

Zona, Mathias Enard

Brújula, Mathias Enard

Titanes del coco, Fabián Casas

El último vuelo de Poxl West, Daniel Torday